Contents

異世界転生されてねぇ！3

Isekai tensei・・・Sareteneee!

第4章

一般編

「ねぇねぇ、君達ってあそこのキャバクラの娘達なのかな?」

「そうですよー。お兄さん達、何か用?」

「私達もう帰るとこなんだけど〜」

札幌の歓楽街『すすきの』。

その街の人気の少ない道の端では、無口な大男と耳に無数のピアスをつけた茶髪の男性2人が私服に身を包むキャバ嬢2人に何気ない会話を繰り広げていた。

「お兄さん達、ナンパ? お店来てくれるならお茶ぐらい付き合ってあげてもいいよ」

「ナンパとは、ちょっと違うんだけどね。とりあえず人目のないところ行こうか」

「ちょっ、え、なに?」

「ちょっと、離してよ!」

男達はキャバ嬢2人を人気のない路地裏へ強引に連れ込んだ。

「大丈夫、卑猥なことはしないよ。顔を2、3発殴るだけだ。手元が狂うから大人しくしててね。じゃないと一生の傷が残るかもしれないから」

「や、やめてっ」

「誰か、助けて……」

茶髪男の言葉が終わると同時に大男が拳を振りかぶり、キャバ嬢の1人へ向けて拳が放たれた。

「あー、そこまでっすよ。うちの店の娘達に乱暴はダメっす」

直後。骨の砕ける音と共に男達のすぐ後ろから気怠《けだる》げな声が聞こえてくる。

「あ？　だれだテメェ？　ヒーロー気取って登場したみてぇだが、手遅れ……」

「う、がぁ……!!」

「……!?」

茶髪の男は呻《うめ》き声に反応し横を見ると、右腕をグシャグシャに折られ、その痛みに苦しむ大男の姿があった。

骨の砕ける音は大男の腕が折られた音であり、放たれた拳は女性の顔へ届いてはいなかったのである。

「「ディエスさん！」」

「囮《おとり》役お疲れ様っす。怖い思いさせて悪かったっすね。あっちに送迎車待機してるんで、それ乗って早く帰るといいっすよ」

「わ、わかりました！」

「ありがとうございますっ！」

ディエスと呼ばれた男の指示に従い、キャバ嬢達は早足で送迎車のいる方向へと駆けていった。

「さてと、あんたらがうちの店の娘達襲ってる連中ですか。ここは大人しく捕まってもらえないっすかね？　じゃないと、一生の傷が残るかもしれないっすよ」

逃げていくキャバ嬢の姿をチラリと見やった後、男達は邪魔者の方へ視線を移す。

ディエスと呼ばれた金色の短髪で彫りの深い顔をしたスーツ姿の大男。

手に武器はなく、取り出そうとするそぶりもない。

「なめやがって、こっちは2人だぞ！」

ディエスと呼ばれた大男に対して茶髪の男は懐から取り出したナイフを突き立て、大男は無事な左腕でそばに立てかけてあった看板を持ち上げて叩きつけた。

「……!?」

「うそだろ!?」

直後。男達の表情は驚愕へと変わった。

突き立てたナイフは1ミリも刺さらず刃先が欠けるだけに終わり、叩きつけられた看板は粉々に砕けているにも拘わらず、ディエスと呼ばれた金髪の大男は微動だにしていないのである。

「ぼ、防刃チョッキか!?」

「違いますけど……まぁ、その程度じゃ俺は殺せないっすね」

看板の破片を払いながら、ディエスは攻撃を仕掛けてきた2人を睨み付ける。

「それじゃあ、一生の傷が残るコースってことでいいっすよね」

人気のない路地裏では、骨の砕ける鈍い音が響き渡った。

✦　✦　✦

「音の原因はこれか」

「ハイ。探索シタ結果、コレガカタカタト震エテイル音デシタ」

「コレが、震えていたのか？」

今俺達の目の前には、爺ちゃんがコレクションしていた骨董品の刀が1本横たわっている。

掃除中に物置部屋から聞こえてきた不自然な物音。その原因を確かめるために『玩具』の異能で作った土人形をニアに操作してもらい、物置部屋を徹底的に調べてもらった結果が、目の前の刀だった。

「状況的に、絶対ヤバいよなぁ……」

刀がカタカタと音を立てていた時点で充分にヤバいが、この刀が置かれていた状況はそれ以上にヤバかった。

近くにしまっていた神様からの手紙が、力を失ったかのようにボロボロに崩れていたのである。

絶対にヤバい。これ、なんか凄い力持ってるパターンのやつだ。

「うむ……なんらかの力を秘めていることしか分からんな。『擬似・感知』でも何も感じ取れん」

一目見た異能やら術やらを限りなく近い状態で再現できるクロのチート能力で調べてもらったのだが、全然分からないらしい。

詳しく調べるために土人形に刀を抜いてもらおうとしたのだが、錆び付いているのか鞘から抜くこともできない。

「コノ気配、ドコカデ感ジタ気ガスルノデスガ……思イダセマセン」

「カカーカ……」

シロも気配を感じたことはあるが思い出せないと言っている。俺は見覚えもないし全然記憶にない。

その後、シロとニアも解析を試みてくれたが、何も分からないとのことだった。

「直接触るのは、不味いよな」

「なんらかの呪いを持つ魔具かもしれん。触れるのは絶対に避けたほうがいいだろう」

「ソウデスネ。呪イデハナイトシテモ、『妖精種《フェアリアルシード》』ノヨウニ触レルコトデ何ラカノ効果ガ発動スル道具カモシレマセン」

「カーカ」

シロも同じ意見のようだ。

よし、この刀のことは委員長にでも聞いてみよう。それまでは封印だ。触らぬ神に祟りなしだな。


「ただいまー！」

「たっだいまー!!」

刀の処遇が決定すると同時に、リンとウルが帰ってきた。

「お帰りサボり魔達。まだ掃除終わってないからちゃんと手伝えよ」

「うげっ、もう終わった頃だと思ってたのに！　っていうか、何コレ何コレ？」

「かたなー！」

帰ってきて早々にウルとリンが刀に興味を持った。

「それ俺の爺ちゃんがコレクションしてた刀だよ。さっき2階から物音がして、原因を調べたらリン!!?」

「なにー？」

俺が説明を始めた直後、リンが普通に刀を持ち上げた。仕草が自然すぎて止められなかった！

「リン、すぐにそれを離すのだ」

「リンサン、ソレハ危険ナ物カモシレマセン。スグニ離シテクダサイ」

「カカーカ、カーカ」

「やだー！」

刀の柄を持ったままリンが部屋の中を駆け回った。すると、何の抵抗もなく鞘から刀が抜けた。

「うっわ！」

「何という気配だ……」

クロも刀身を見て何かを感じたらしい。

黒ドレスと戦った時に感じた異様な気配。あの時の感覚に似ている。この刀は、ヤバい！

「リン！　すぐにその刀を離すん……んんん!?」

リンの持つ刀が、七色に光り出した。

「『四重結界』！」

リンの手から刀を取り上げ、全力の『四重結界』で囲う。万が一爆発したとしてもこれで大丈夫なはずだ。

「光量ニ変化ハアリマセン」

「色の組み合わせはランダムのようだな」

「カー……」

それから10分。刀は七色に光り輝き続けるだけで、何も起こらなかった。

「ウルと同じパターンかよ！」

俺のツッコミが轟《とどろ》く中、刀はサイリウムのように七色の蛍光色を発し続けていた。

まるで、自分は危険な物ではないと訴え続けるかのように。

✦ ✦ ✦

「いやはや、最近のすすきのは物騒ですなぁ。こりゃ安心して商売するのも大変やないですか？」

「あら、随分と白々しいセリフね」

「誰かさんが来るまではとても平和な街だったのよ？　誰かさんが来るまではねっ」

札幌市のすすきのに建つ大型商業ビル。そこの一室では、エセ関西弁を話す小太りの中年男性と気品ある和服の女性、奇抜な格好をしたスキンヘッドの筋肉質な男性の3人が話し合いを繰り広げていた。

「誰かさんとは誰のことや？　ワシはこれほどまでにすすきのの安全に尽力しているいうのに」

「白々しい嘘はいい加減やめな。この間もウチの店の娘達に怪我させやがって。ヤクザまがい

の成金野郎が調子乗ってんじゃないわよ！」

「おお怖い怖い。究極男さんは短気やなぁ」

「『グレート・アルティメット・やよい』よ！　変な略し方しないで頂戴！　せめて究極女にしなさいよ！」

究極男と略されたスキンヘッドの筋肉質な男性は『グレート・アルティメット・やよい』という名で活躍する凄腕実業家である。すすきのにあるゲイバーや女装カフェを複数経営しており、店同士の揉め事の解決や治安維持に協力することですすきのの夜を守る役割も担っている人物だ。

また、性別は男だが女性の心を持つ人物でもある。

「紅《べに》はんもつるむ相手は選んだほうがええで。こんな男女《おとこおんな》と組んどったら紅はんの品格が下がりまっせ」

「余計なお世話よ。しっかり選んだ上でやよいちゃんと組んでいるの。蛭害《ひるがい》、少なくともあなたよりは遥かに素晴らしい人物よ」

『紅《べに》』と呼ばれた和服姿の女性はすすきの一帯の高級レストランや高級キャバクラの経営者であり、やよいと共にすすきののトップに君臨している人物である。

「ちっ。そんな古い考えじゃ従業員も付いてこなくなりまっせ。少し前も紅はんとこのキャバ嬢が辞めたらしいやないですか」

対して、蛭害と呼ばれた小太りの男はすすきのへ進出し始めて間もないにも拘わらず、莫大な財力によってすでに紅とやよいに匹敵するほどの影響力を持つ存在となった経営者だ。

しかし、恐喝や人質といった強引な手段で個人経営店を無理やり傘下に収め、紅とやよいの治める店にも様々な妨害を仕掛けることですすきのの治安を乱している張本人でもあった。

「あなたに心配されずとも大丈夫よ。すすきのが平和になれば彼女達はまた戻ってくるわ」

「ほーう。それならはよ平和な街にせなあきませんなぁ。僕も今まで以上に頑張らんと」

「今まで以上？　あんた、舐めんのもいい加減にしなさいよ！」

やよいの怒りに反応し、背後に控えていた屈強な2人の男達が前に出る。彼らもやよいと同じく、体は男性だが女性の心を持つ者達だ。

「おーこわこわ。物騒であきませんわ」

蛭害がそう呟くと同時に、蛭害の背後に控えていた護衛の3人も前に出る。

やよいの背後に控えていた2人と蛭害の護衛3人。殺気の交じった視線が交差し合う中、紅は静かに口を開いた。

「ディエス」

「大丈夫っすよ。何か起きる前にすぐ取り押さえるんで」

ディエスの言葉を聞き、睨み合っていた5人の護衛達は一歩下がる。

僅かひと月ほど前から紅のボディガードとして働き始めたディエスは、蛭害のけしかけたチンピラ数十人をたった1人で制圧し、紅を守り抜いたという常人離れした逸話を生み出していた。

その一件以来、ディエスの実力はすすきの中の猛者達が知るところとなり、彼らから一目置かれる存在となっているのである。

「ひゃー！　たった一言でウチのもん下がらせるとは、流石やなぁ」

「はぁ、どうも」

「ディエスはん。紅はんからいくらで雇ってもろてるか知らんけど、ワシはその倍、いや3倍は出すで！　どや？　ワシのとこで働かんか？」

「あー、無理っすわ。俺、金よりも恩や信用大切にするんで、紅の姉御との契約終わるまでは誰にも雇われるつもりはないっす」

蛭害は拙《つたな》い関西弁でディエスを勧誘するが、彼の気持ちは一切動かない。

「ちっ、しゃあないな。勿体ないけど、紅はん共々ディエスはんも潰したるわ」

「蛭害！」

「おーこわこわ。冗談やで冗談。究極おと……間違えたわ、やよいはんも本気で受け取らんでぇな」

怒鳴るやよいに対して挑発的な態度で会話を続ける蛭害は、おもむろに立ち上がり出口へと向かった。

「このまま話し合ってても意味ないやろうし、ワシは先帰らせてもらうわ。張り切ってすすきのを平和にせなあかんからなぁ」

ディエスに誘いを断られた蛭害は、部下を連れながら部屋を出ていった。

蛭害の去った部屋の中で、やよいがおもむろに口を開く。

「ごめんね紅ちゃん。私が感情的になったせいで話し合いが終わっちゃって……」

「やよいちゃんのせいじゃないわよ。蛭害は初めから手を引くつもりなんてなかったみたいだし。それよりも今は蛭害の動向を気にするほうが先決ね。本格的な抗争が始まる可能性があるわ」

会話の中で蛭害に和解の意思などないことを紅は早々に理解していたため、すでに次の段階への対応を考えていたのである。

「厄介ね。蛭害の部下は数だけは多いわ。私も頼りになりそうな仲間の娘達《かんたち》に声をかけてるけど、それでも全然足りないもの」

「私も警備会社に頼んで数だけは揃えようと思ったのだけど、すでに蛭害が圧力をかけていて無理だったわ。別の手を考えなければダメみたい」

「あいつ、金だけはあるのよね。ほんっと厄介」

頭を抱える2人を横目に、ディエスは静かに思案する。

（数がいるのは面倒っすね。『強化』使えば正面戦闘で負ける気はしないっすけど、ゲリラ戦に向いてないんすよねぇ……俺くらいの戦闘力の人がもう1人くらいいれば、少しは楽なんすけど……）

そんなディエスの考えを知る由もなく、紅とやよいの会議は夜更けまで続くのだった。

✦
✦
✦

「ほんま時間の無駄やったわ。ところでどうやった？　わざわざディエスはんにアンタら会わせるためにこんなつまらん会談に出席したんやで。何か得られるもんはあったかいな」

会談後。帰りの車の中で不満を口にしていた蛭害は、おもむろに護衛の3人へと問いかけた。

「正直言って、よく分かりませんでした。体の厚さや重心から推定しても防弾チョッキや武器の類《たぐい》を備えている様子はなく、衣服も特殊繊維製ではありません。にも拘わらず、立ち姿は隙だらけでこちらを警戒している様子も一切ない。あれが警戒するほどの人物だと私は思えません」

短い黒髪に黒いスーツの女性が先に口を開き、蛭害の問いに答えた。彼女の名は『ニケラ』。某国の議員や将軍クラスの大物を仕留めた経験もある一流の暗殺者である。

「私も概ね同意見だ。手を見たが綺麗なものだった。普段から武器を握ってないのだろうな。ただの素人か、我々を警戒する必要もないほどの化け物かのどちらかだろう。ま、私は前者だと思うがね」

次に口を開いたのは、サングラスで目元を隠した強面の初老の男性だった。

彼の名は『トウジョウ』。戦いを求めて世界を渡り歩き、各地の戦場で名を揚げている一流の傭兵《ようへい》である。

そんな彼の目から見ても、ディエスの姿は警戒に値する人物には映らなかった。

「僕はお二人と違って武闘派ではないので強いかどうかは分かりませんけど、嘘をついている様子だけはありませんでしたね。我々を抑える実力が本当にあるのか、相当な自信家かのどちらかでしょう」

最後に、3人目の護衛である細目の男が口を開いた。

彼の名は『ジャスパ』。イリュージョンやメンタルマジックを駆使し、破壊工作や内部抗争の誘発を得意とする裏世界の一流マジシャンである。

そんな彼の目にも、ディエスの姿はこちらの実力を測れない只の自信家にしか見えていないようだった。

「アンタらが言うんならそうなんやろな。紅とその娘を捕らえようとして仕向けたチンピラどもがヘマしただけの話やったんか。過剰に心配して損したわ」

3人の話を聞き、蛭害は不満を口にしながらも安堵の表情となった。

「資金はまだまだ潤沢。手駒もぎょうさんおる上にアンタらの協力もある。あのお方の望み通り、すすきのを拠点に札幌の全てを手に入れられる日もそう遠くないで！」

蛭害は高らかにそう宣言し、夜の街へと消えていった。

✦
✦
✦

あの後、刀に触れても害はないことが分かったためさらに詳しく調べたのだが、分かったことは刀を鞘から抜けるのは俺とリンだけだということだった。

俺とリンだけが刀に認められているということなのだろうか？　結局、どんな力を秘めているのか、誰に作られたのかも全く分からない。

ちなみに、謎の刀は居間に飾っておくことになった。目の届かないところにしまって何かあっても困るので、みんなで監視できるところに置いておくことにしたのだ。

「よし。予想外のことがあったけど、これで掃除終了だな」

とりあえず刀のことは置いておいて、もっと重要な話し合いをするとしよう。

「緊急家族かーいぎ！」

「む、久しぶりだな」

「カカーカ」

「かぞくかーいぎ！」

久々の緊急家族会議だ。今日は真面目に話したい議題がある。

「キンキュウカゾクカイギ？」

「何それ！　楽しいこと？」

ニアとウルが首を傾げている。そういえば、前回の家族会議の時に2人はいなかったもんな。

「緊急家族会議は、その名の通りただの家族会議だ。あと、楽しくはないぞ。今日は真面目なお話をします」

「あ、私用事があったんだー。ちょっと出かけてくるね！」

「『玩具』発動。ウルを捕獲しろ」

座布団に『玩具』の異能を発動。作り出したモコモコ座布団人形がウルを羽交い締めにした。

「ぎゃー！　モコモコで痛くはないけど背中だけあったかいー！　羽の付け根蒸れるー！」

「それでは気を取り直して、緊急家族会議を開催します。今回の議題は、お金です」

ウルの悲鳴を無視し、話を進める。

「金欠なのか？」

「正確には金欠気味かな。まだ深刻な状況じゃないけど、このままだと親の仕送りだけじゃ確実に足りなくなると思う」

　趣味のお金を削りつつできる範囲の節約で切り詰めていたのだが、それでも現状はギリギリ赤字だ。

　クロ達全員分となると人1人分より少し多いくらいの食費がかかるため、俺と合わせてほぼ2人分の食費になる。

　さらに、ガス光熱費も俺1人の時より確実に多くなるし、俺が学校へ行っている間もクロ達がネットやテレビを見ているので電気代もかさむ。

　そして、異能組織（玩具の異能者）との戦いで制服一式2万5000円と鞄5000円の買い直しというまさかの出費。これも大きかった。

「というわけで、なるべく節制を心掛けましょう。みんなで意識して切り詰めればギリギリ黒字にはなると思う」

「儂《わし》らは食事の必要がない。食費なら簡単に切り詰められるぞ」

「「えっ!!?」」

　クロの言葉でリンとウルが真っ青になっている。たしかに、クロ達は空気中の霊力があれば問題ないらしいが……リンとウルは食事を楽しんでいるので可哀想だ。それに、みんなの前で俺1人だけ食事をするのもなんか気が引ける。

「俺1人だけで食事するのは寂しいから、それはしないよ。食費は削らないつもりだ」

「ご主人様さいこー！」

「ご主人様！　愛してるー！」

リンとウルがここぞとばかりに持ち上げてくる。よほど嬉しかったのだろう。凄い食い意地だ。

「というわけなので、食費以外でなるべく節制を頑張る方向でいこう」

「うむ、了解した」

「カー！」

「せっせいするー！」

「電気料金ノ管理ハオマカセクダサイ」

「おやつちょっと減らすかなー」

みんな快く了承してくれたけど、いずれ限界は来るだろう。リンの洋服もおさがりだけじゃなくてちゃんと買ってあげたいし、予期せぬ出費はどこかしらで発生するはずだ。冬が近づけば暖房代も大変なことになる。

「体は丈夫だし、バイトでも探すかな……」

そんなことを呟きながら、夜は静かに更けていった。

✦ ✦ ✦

「こ、ここが潤叶ちゃんの実家？」

「おっきー！」

「デケェ。家というより寺じゃねぇか」

幸助が家の片付けを行っていた日。雫とアカリとソージの3人は潤叶の実家へと招待されていた。

旭川の術師から3人が『異能』を用いて戦っていたという報告を聞いた潤叶の父親・龍海が直に話をしたいと家に招いたためである。

異能の情報を提供する代わりに潤叶達の用いていた『術』に関する情報も教えてもらえると聞き、僅かな警戒心を抱きながらも雫達は水上家の本家を訪れていた。

「急に呼び出す形になってごめんね。話したくないことがあったら言わなくてもいいから。お父さんが強引に聞こうとしてきたら私達が全力で止めるし、安心してね」

「そうです。元は私達だけの情報交換会だったのに、お父さんが後から無理やり交ざってきたんですもん。何かあれば全力で守ります」

「私も手伝うのです。先輩方に何かあれば全力で守るのです！」

邪神の心臓を宿したイオとの戦闘以降、6人の間には共に死線を越えて戦った者同士の仲間意識が生まれていた。

そのため、潤叶と潤奈とアウルの3人は龍海の意思に反することになったとしても、雫達を守るつもりでいたのである。

「守ってくれるのはありがてぇけど、そこまで心配してくれなくても大丈夫だぜ。俺らだってそれなりに戦えるからな」

「そうだよ！　いざとなったらソージに『付与』かけて抱えて逃げてもらうから、大丈夫」

「俺の負担！」

潤叶達に感謝を伝えつつ、ソージとアカリは僅かに警戒心を緩めながら敷地内を歩いていく。

そんな中、雫が感じていた疑問を何気なく口にした。

「そういえば、結城くんはどうして呼ばなかったの？」

「それはお父さんが……」

「私が彼を呼ばないように潤叶達へ伝えたからだよ。彼についての話を君達としてみたかったからね」

「「「!?」」」

どこからともなく聞こえてくる声にソージとアカリと雫の３人はきょろきょろと辺りを見回した。すると、一羽の青い梟《ふくろう》が彼らの目の前に降り立った。

「驚かせてすまない。居ても立ってもいられなくて式神を飛ばしてしまった。異能者と話せる機会なんてそうそうないからね。ちゃんとした挨拶は改めてするけど、私が水上龍海。水上家の当主で潤叶と潤奈の父親だよ」

「お、俺は葛西蒼司です」

「私は月野アカリです」

「月野雫です」

流暢に話す梟の存在に戸惑いながらも、ソージ達は青い梟と挨拶を交わした。

「そう警戒しなくても、元から強引に話を聞くつもりはないから安心してほしい。言いたくないことは言わなくても全然構わないからね。それじゃあまずはこちらから話すとしようか」

「お父さん、せめて家に入ってからにしようよ……」

潤叶の言葉でまだ外であることに気づいた龍海は、ソージ達を屋敷の中へと招待するのだった。

◆ ◆ ◆

「先ほどはすまなかったね、改めて挨拶をさせてもらうよ。私が水上龍海だ。そこにいる潤叶と潤奈の父親であり、五大陰陽一族の一角、水上家の現当主でもある。よろしくね」

龍海の挨拶を皮切りに、屋敷の大広間では7人の話し合いが始まった。

「お父さん。先に言っておくけど、私達は雫さん達の味方だからね」

「そうだよ。先輩達がいなければ私達死んでいたかもしれないもん」

「一緒に死線を乗り越えた仲間なのです。私も先輩方の味方なのです！」

「みんな……」

「ありがとうね」

「ありがとな」

潤叶と潤奈とアウルの想いを聞き、雫とアカリとソージの3人は感謝を伝えた。そんな中、龍海は静かに口を開く。

「大丈夫、分かっているよ。娘達と親友の娘さんを助けてもらったんだ。私自身も君らには心から感謝している。だからこそ、君達の存在に関して国には一切報告していない。今回の一件は潤叶達だけで解決したことにした。もちろん、結城くんのことも報告はしていないよ」

「国、ですか？」

聞き慣れない龍海の言葉に、雫は思わず聞き返した。

「そうだよ。一部の陰陽術師は国に仕える身なんだ。だからこそ国との繋がりはとても深い。国家公務員みたいなものだね」

「国家公務員か……」

「なんか、急に陰陽術師が身近に感じたわね……」

ソージとアカリの言葉に続けるように、龍海は軽快に話し始めた。

「それじゃあ、まずはそこら辺の話からしようか。私達の使っている陰陽術は約１５００年前に生まれた術形態でね。それを使える者は『陰陽師』という位を得て国に仕えていたんだ。でも、陰陽術という特殊な力に恐怖を覚えた民衆との間に軋轢《あつれき》が生まれてね。幾度もの争いを経て、陰陽師は歴史の表舞台から姿を消したのさ」

龍海は『陰陽術師』と日本国家の関わりについて簡潔に語る。

「しかし、陰陽術を完全に失うのは国にとっても大きな損失になる。だから、一部の術師達は歴史の裏で国との繋がりを保ったまま活動し続けていたんだ。その中でも、私達五大陰陽一族の術師は国との繋がりがとても深くてね。国から依頼を受けて活動することも多いんだよ」

「そういえば、『魔術師』も似たような感じなのです。５００年程前に魔術を恐れた民衆や権力者との軋轢で起きた『魔女狩り』を境に、魔術師は歴史の表舞台から姿を消したのです。そして、一部の術師は今も国に仕えているのです」

「うわぁ、さりげなく凄い話聞いちゃった気がする……」

何気ない雫の質問によって歴史の裏の真実を知ってしまったアカリはそう呟いた。

「術師だけじゃなくて国に仕えている異能者もいてね。だからこそ、私は『異能』の存在を知っていたんだ。潤叶と潤奈にもいずれ伝えようと思っていたから、ちょうどいいタイミングだったよ」

「異能……そういう力もあるのね」

「ぜんっぜん知らなかった」

「日本は面白い国なのです」

「日本以外でも裏で異能者を雇っている国は多いよ。イギリスもそうだね」

「そうなのです⁉」

まさかの事実にアウルは驚愕を示す。

「異能者の絶対数は術師よりも遥かに少ないから、国が君達の存在を知れば必ず欲しがるだろう。まぁ、国の庇護のもと安定した給料で生活していけるから悪いことばかりではないけどね」

「でも俺達は、この国の人間じゃ……」

「それも理解しているよ。君達はこの国の人間じゃない。戸籍も全て改竄《かいざん》されたものなんだろう？」

「なっ……！」

驚くソージ達をよそに、龍海は言葉を続けた。

「先月起きた異能組織の襲撃。あの事件を世間から隠すために情報操作の指揮を執ったのは私だからね。その過程で事件に関わっていた君達についても徹底的に調べさせてもらったよ。全てではないけど、ある程度の事情は理解しているつもりさ」

「……私達を、どうするつもりなんですか？」

全てを知られているであろう事実に動揺しながらも、雫は率直な質問を投げかけた。

龍海に対して下手な駆け引きは無意味だと悟ったためである。

「安心してほしい。本当にどうもするつもりもないよ。娘達を助けてくれた恩もあるからね。必要ならば君達が平穏に暮らしていけるよう全力でサポートするつもりさ。さてと……『霧幻結界』」

「「「!?」」」

「お父さん!?」

突然の結界術に驚く潤叶達を他所《よそ》に、龍海は話を続ける。

「急にすまないね。少し話題は変わるけど、ここからが今日君達を呼び出した本題なんだ。この先の話は万が一にも君達以外に聞こえてはいけない」

「こっからが、本題……？」

「そうだよ。君達の方がよく知るからこそ、伝えておかなければならない話。結城幸助くんについての話だ」

ソージの疑問に答えた龍海は結界が正常に機能していることを確認した後、静かに語り出した。

「まず、君達も知っての通り、彼の戦闘能力は相当高い」

「知ってるわ。邪神の心臓を宿した術師を倒すほどだもんね」

龍海の言葉に、青年の家で巻き起こった戦闘を思い返しながら潤叶はそう答えた。

「そうだね。邪神の心臓を宿した術師の強さは、国家規模の超常災害と同義だ。それを倒したということは、少なくとも彼には国一つを相手にできるほどの力があるということになる」

「「「国を相手に!?」」」

「国を相手にできるほどの力なのです!?」

「結城くんがそんなこと……」

「わかっているよ。今までの行動を考えると、彼がそんなことをする危険な人間には到底思えない。猫神様が主人と認める人物でもあるからね。あくまでも、それほどの力を有しているというだけの話さ」

潤叶の言葉を遮り、龍海は言葉を続けた。

「彼自身も強大な力を有しているけど、他にも情報戦に優れた仲間がいると私は考えている。事実、それを確信するに至る出来事もあったからね」

異能組織の一件の際に、道内に潜入していた工作員の情報がメールによって送られてきた事実を思い出しながら龍海は語った。

あの時は幸助のスマートフォンから送られたものだと龍海は思っていたが、あれほどの情報収集能力がありながら送信者の履歴を残してしまうのはあまりにも不自然である。

そのため、別の存在が幸助の仕業に見せるため、わざと幸助のスマートフォンからメールが送られたように改竄した可能性が高いと龍海は考えていた。

実際はニアがメールを送るのは初めてだったため、送信履歴のことを考えずに送ってしまっただけなのだが、龍海はその事実を知る由もない。

「少なくとも、彼と同等かそれ以上の存在が背後にいると私は考えている」

「そんなにデカイ存在なら、調べれば何か分かるんじゃないですか？」

「それがね、いくら結城くんのことを調べても何も分からなかったんだ。戸籍上も経歴上も彼はごく普通の高校生だった。だからこそ、情報戦に長けた仲間がいると私は確信したのさ」

龍海の言葉にソージは納得し、言葉を噤《つぐ》んだ。

「とりあえず分かっていることは、彼が強大な力を持っているということと、目的が全くもって不明であるということだね。悪い人間ではないとは思うけど、彼に関わるのであればそのことを重々承知した上で関わるようにと、今日は言いたかったんだ」

「受けた恩は必ず返す。何か目的があったとしても助けてもらった事実は変わらねぇ。結城さんが何者だろうと関係ねぇよ」

「ソージほど盲目的ではないけど、私も概ね同意見かな。2回も助けてもらったし、悪人とは思えないからね」

「結城くんは、良い人……結城くんの役に、立ちたい」

龍海の言葉に、ソージとアカリと雫は迷いなく答えた。

雫達の言葉を聞きながら、潤叶と潤奈とアウルの3人も同意するように頷く。

「そうか、余計なことを言ったようだね。そういえば、間接的にだけど潤叶達はすでに彼の役に立っているよ」

「え？　結城くんの役に？」

「お姉ちゃんと私とアウルが、何かしたっけ？」

「むしろ、結城先輩には色々手伝ってもらった記憶しかないのです」

　突然の龍海の言葉に、潤叶達3人は首をかしげる。

「邪神の心臓の一件は潤叶達の功績ということになっているから、彼の存在を隠すことを手伝ったという意味で役に立っているのさ。ちなみに、今回の一件は国家レベルの大事件だ。それを解決したことになっている潤叶達の評価は、とてつもないことになっているよ。近々国から表彰状が届く予定だ」

「「ええっ!!?」」

　驚いた潤叶達は龍海に疑問をぶつける。

「お父さん……それって辞退できないの？」

「もう無理だね」

「私まだ中学生だよ！　国から表彰とか、胃が痛いよ」

「日本は面白い国なのです」

「アウルさんは次の長期休みに実家へ帰った時に、イギリスで表彰される予定だよ」

「私もなのです!?」

「国から表彰か、術師って凄えな」

「陰陽術……漫画やアニメみたい」

「雫、私達の異能も似たようなもんでしょ」

真面目な話から一転し、楽しげな話題となった潤叶達の会話を聞きながら、龍海はひとり考えていた。

（普段起こり得ないような特殊事件の数々、その全てに結城くんが関わっている事実。そして、彼がきっかけとなり、術師と異能者の新たな流れが生まれた。これは、本当に偶然なのだろうか……）

龍海はそう心の中で呟きながら、幸助の背後にいるであろう強大な力を持った存在を疑わずにはいられなかった。

✦ ✦ ✦

幸助の通う高校は階層によって学年分けがされており、1階は1年生、2階は2年生、3階には3年生の教室が配置されている。

別の学年の階層に行ってはいけないという決まりはないが、基本的にその学年の階層以外の階に別学年の生徒がいることは少ない。

「おい、あれって……！」

「キャーッ、今日ってリサ先輩の登校日だったのね！」

「すげぇ！　本物はやっぱかわいいなぁ」

「1年生の階に何の用なんだろう？」

だが、この日だけは違った。

「ねぇ君。1年E組ってここで合ってる？」

「あ、合ってます！　ここです！　あと、ファンです！　いつも応援してます！」

「ありがとっ。これからも応援よろしくね」

「は、はい！」

　とある女生徒を追って2学年や3学年の生徒のほとんどが1学年の階層である1階へと集まってきていたのだ。

「確か、黒髪で中肉中背で……もしかしてあの子かな？」

　茶髪のショートで可愛い顔立ちの小柄な女生徒。そんな彼女は好奇の目に晒《さら》されながらも、平然とした表情で1年E組の教室へと入っていった。

◆　◆　◆

「みんな何があったんだろう？」

　昼休み。石田と滝川と一緒に教室でお昼を食べながら昨日のことを考えていた。

　予定では昨日、委員長やソージ達が家に訪ねてくるはずだったのだが、急遽中止になったのだ。

　あわよくば委員長達から知らない術を教わったり雫さん達の異能を習得できたりしたらいいなーと思っていたのだが……そんな邪《よこしま》なことを考えていたから中止になったのかもしれない。

　邪念よ去れ！

「数多の陰謀渦巻く夜の街『すすきの』。元裏社会の住人がその真相を語る……か、あんまりいい記事ないなぁ」

俺が邪念を払っていると、滝川がスマホをいじりながら残念そうな表情でそう呟いていた。

「そんなに気を落としてどうしたんだ？　いつもならそういう話を喜んで語ってくるのに」

「違うんだよ。俺が好きなのはオカルトネタなの。幽霊とか宇宙人とか未知の現象とかが好きなの。人同士の陰謀や策略なんかはどうでもいいんだよ」

「なるほど、わからん」

石田とそう言葉を交わした滝川は、再びオカルトネタを探すためにスマホをいじり始めた。

「なにか面白いことでも起きないかなぁ」

「いやいや、平穏が一番だろ」

「結城が平穏というとフラグにしか聞こえないな」

「確かに、これは面白いことが起こりそうだ！」

なんだと？　確かに高校生活が始まってから平穏とは程遠いイベントばかりだけれども、まさに一昨日変な刀を手に入れたばかりだけれども、今までがあまりにも異常すぎただけだ。

そもそも、そんな非日常イベントがひょいひょい起ることのほうがおかしい。頻度で考えればもう一生平穏でもおかしくないくらいのイベントをこなしていると思う。

「お話し中のところごめんね。君が結城幸助くんかな？」

「はい、そうですけ……ど!?」

びっくりした。振り向くと、茶髪ショートの美少女が立っていた。はじめましてだが、この

人のことは知っている。2年A組の『花園リサ』先輩だ。

委員長や月野姉妹と肩を並べるほどの人気を誇る美女であり、学生でありながら現役のアイドルとして活躍している本物の芸能人である。

「うわっ、凄い人集《だか》り」

廊下を見ると尋常じゃない数の野次馬が集まっている。

芸能活動を行っている関係から登校日が極端に少ないため、彼女を一目見ようとして人の群れができているようだ。

「良かったー、少しいい？　ちょっと話したいことがあるんだけど」

「あ、はい、大丈夫です」

花園先輩に手を引かれ、そのまま教室の外に連れ出された。

さすがは芸能人。人集りには慣れているようで、周りの目など一切気にしていない。ま、俺は凄い気にしちゃうんですけどね。疑問の視線が2割で殺気の視線が8割だな。

「ぜ、全然面白くねぇ！」

滝川のそんな叫びを聞きつつ、花園先輩に手を引かれた俺は教室を後にした。

✦　✦　✦

「結城さんの目的……か」

昼休み。校舎の屋上では葛西蒼司が外の景色を眺めながら、ひとりそう呟いていた。

（あんだけの力があって、強え仲間もいて、経歴が不明。たしかに疑問だらけだな。普通に考えれば何か目的があるんじゃないかと疑っちまう……）

先日の龍海との会話を思い出しながらソージは考える。

幸助の正体と目的、今後の自身の在り方について……。

「……ま、どうでもいいか。悪い人じゃないだろうし。とりあえずは恩返しが優先だな」

しかし、ソージの結論はすぐに出た。

いつの間にか校内で最大の不良グループを取り仕切る立場になっていたソージは、本能的に善人と悪人を見分ける才能が身についている。そのことはソージ自身も自覚しているため、信頼に足る人物かどうかの判断に迷いはないのだ。

また、恩は必ず返すという義に厚い性格なこともあり、今後の幸助との在り方に一切の迷いはなかった。

「ん？　人か？」

突如聞こえてきた屋上の扉を開ける音。それを聞いたソージは慌てて物陰に身を隠す。

（ミスった！　あまり聞かれたくないこと考えてたから、つい隠れちまった……って、結城さん!?）

屋上に現れた男女。1人は知らない女性だったが、もう1人はソージのよく知る人物、結城幸助の姿だった。

（ヤベェ、どうすっかな……）

ソージは出ていくタイミングを完全に見失い、物陰で静かに息を潜めるのだった。

✦
✦
✦

「急に連れ出しちゃってごめんね」

「別にいいですけど、何の用ですか？」

本当に何の用だろう？　花園先輩はテレビで見たことがあるけど、実際に会うのは初めてだ。

もちろん話したことなど一度もない。

「噂で聞いたんだけど、結城くんって相当強いんでしょ？　番長だった葛西くんを舎弟にしたり、熊殺しの大男を素手で倒したりしたって聞いたよ」

「そんなわけ……なくもないですね」

ソージを舎弟にした覚えは一切ないけど、熊より強そうな大男を倒したことは……あるな。

『溶解』の異能で服を溶かして公然わいせつの刑に処した覚えがある。

というか、ソージって番長だったのか。

「なるほどね。それじゃあさ、ちょこっとバイトしてみない？」

え、なに？　怖い。強いかどうか聞いてから紹介されるバイトとか、絶対怪しいやつじゃん。

「お断りします」

「えっ、どうして!?」

「だって、絶対怪しいバイトじゃないですか。怖いですもん」

「全然怪しくないよ！　護衛！　ボディガードのバイト！　私のお母さんがお店をいくつか経

営しててね。その従業員の護衛をお願いしたかったの」

「ちゃんと本業の人達を雇えばいいじゃないですか」

「それが、どこも予約でいっぱいみたいなの」

ボディガードの繁忙期なのか？

「ちなみにお給料は結構いいよ。時間は日によって変わるかもだけど、1時間でなんと1万円！　1か月間の短期契約。どう？」

「時給1万!?」

怪しい。怪しすぎる。だが……時給1万か。

平日はあまり時間が取れないけど、それでも3時間は働ける。そうすれば日給3万だ。それが1か月……今までの出費を補って余りある金額だ。

「1万……時給1万円……花園先輩、やります！」

「そうこなくっちゃ！　あと、私のことは敬意を込めてリサ先輩と呼んでいいからね」

「かしこまりましたリサ先輩！」

俺の返事を聞いたリサ先輩は、嬉しそうに段取りを説明してくれた。

「それじゃあ、学校終わったら札幌駅に集合って感じでいい？　お母さんの部下の人が迎えにくると思うから」

「わかりました。よろしくお願いします」

とりあえず、バイトを探す手間は省けたな。どんな仕事かは分からないけど、全力で頑張ろう。怪しい仕事だったら逃げよう。

そんなことを考えながら教室へ戻ると、殺気と質問責めの嵐に見舞われた。なので、すぐさま教室から逃げた。

「結城さん……あれだけの力を持っていて、金欠？」

謎すぎる幸助の金銭事情を知り、ソージの疑問は深まるのだった。

✦
✦
✦

放課後。花園先輩に指定された場所で待っていると、黒服にサングラスの屈強な大男さんが迎えにきてくれた。早速逃げたい。

「結城幸助さんですね。こちらです」

「あ、どうも」

黒服さんに案内された先には、真っ黒な高級外車が停まっていた。その中には和服姿の女性が乗っている。

「あなたがリサの紹介で来た子かしら？」

「はい、そうです」

そのまま和服姿の女性の隣へ座らされ、息の詰まるドライブが始まった。

「挨拶がまだだったわね。私は花園紅《はなぞのべに》。リサの母です」

「はじめまして、結城幸助です」

挨拶の後に軽く雑談を交わし、早速本題であるバイトの話が始まった。

「今日はわざわざ来てもらって申し訳ないのだけど、バイトの話はなかったことにしてもらってもいいかしら？」

「えっ？」

バイトなし？　時給１万円がなし!?

「もちろん、今日待たせた分の代金は支払うわ」

「ど、どうしてですか!?　とんでもない術師や異能者が相手じゃない限り負けない自信があります！」

「術師や異能者？　は分からないけど、これはただの護衛の仕事じゃないの。リサには詳しく説明していなかったから学生にもできる簡単なバイトだろうと思ってあなたを誘ったみたいだけど、本来はプロのボディガードや戦闘職の経験がある大人でも難しい仕事よ。少し強いだけの高校生に務まる仕事ではないわ」

「うっ」

流石は時給１万円。仕事内容は分からないが、相当過酷な業務なのだろう。でも、こんなチャンスを何もせずに諦めるわけにはいかない。このバイトには、クロ達の生活もかかっているのだ。

「せめて実力だけでも見てください。必ず期待に応えます」

「実力ね……確かに、何も見ずに不採用とするのは失礼すぎるわね。わかったわ。車を事務所へ回してちょうだい」

すすきのにあるビルの前に車は停まり、そこの地下へと案内された。

「ここは私の所有しているオフィスビルなの。地下には部下のためのトレーニング施設があるから、そこであなたの実力を測らせてもらうわ」

うおぉ、このビル、すすきのの近くまで来た時に見たことある。ここってリサ先輩のお母さんのビルだったのか。

「ここがトレーニング施設内の模擬戦部屋よ。得意な戦法は？　武器は必要かしら？」

「素手で大丈夫です」

一般的な体育館の半分くらいの広さがある立派な部屋だ。壁には竹刀や木刀、ゴムナイフなどが備えられている。さまざまな状況下での訓練が行えるのだろう。

「それじゃあ彼と模擬戦をしてもらうわ。相手を拘束するか気絶させれば勝ちということでいいかしら？」

「大丈夫です」

相手役は先ほど車を運転していた黒服の大男さんだ。スーツの上からでも体格の良さが窺える。体格は倍近く違うな。

「それでは、試合始め！」

紅さんの掛け声と共に、模擬戦が始まった。

✦ ✦ ✦

車内から幸助の姿を確認した紅は落胆の色を浮かべていた。

（彼がボディガードね……リサったら、もう）

どこにでもいそうな中肉中背の体格からは何の威圧感も感じられない。そして、傷のない綺麗な手と顔は戦闘経験の少なさを物語っている。

（てっきり芸能界の人脈からプロの格闘家を連れてきてくれると思ったのに……あの子ったら。今がどれほど深刻な状況なのか理解していると思ってたけど、説明が足りなかったのかもしれないわね）

護衛が足りないため強そうな知り合いがいれば連れてきてほしいと話したのは紅であったが、まさか学校の後輩を連れてくるとは思っていなかったのである。

車内の会話では、格闘経験もなく部活にも入っていないと聞いていたため、会話が進むにつれて紅の気持ちはますます落ち込んでいった。

「今日はわざわざ来てもらって申し訳ないのだけど、バイトの話はなかったことにしてもらってもいいかしら？」

「えっ？」

そのため、今回の待ち合わせで時間を使わせてしまった分の給料を払い、紅は幸助を帰そうと考えていたのである。

「せめて実力だけでも見てください。必ず期待に応えます」

「実力ね……」

幸助の言葉に、紅はディエスとの出会いを思い出す。

大きな商談のためにとある商業施設へと呼び出された紅。娘であるリサにも広告塔として協力してもらうため、その場へ連れていく予定だった。

しかし、商談場所まで車で移動している最中、道を阻むようにして別車両からの妨害を受け、鉄バットやバールで武装した50人ほどの暴漢に囲まれたのである。

護衛は車内にいたボディガードの2人だけ。車は別車両に周囲を固められて動かすことができない。携帯の電波は妨害されていたためか繋がらず、道は人払いがされていたのか通行人もいない状況だった。

そんな中、ボディガードの活躍によって生まれた一瞬の隙をついてリサだけがその包囲網から脱出することに成功。

助けを呼びにいったリサが連れてきたのは、大きな体格の外国人ホームレスだった。

(今までそれなりの修羅場は超えてきたけど、あの時は本当に終わったと思ったわね……)

しかし、結果は紅の予想だにしないものだった。

『あの人達全員倒したらお金貰えるって聞いたんすけど、本当っすか?』

そう話しかけてきたホームレスの言葉に頷くと、10分もしないうちに50人いたチンピラ全員を制圧したのである。その上、ホームレスの男は無傷のままだ。

『あなた、私の下で働かない?』

もちろんそんな人物を紅が放っておくはずもなく、ホームレスの男、『ディエス』は多額の報酬と安定した衣食住の提供を条件に護衛として契約を交わし、現在は護衛の総指揮として紅とその部下を守るために日々活躍している。

（リサはたまに凄い人材を見つけることがあるのよね……外れることも多いけど）

そんなディエスの例を思い出し、紅はテストを行うことにした。

「確かに、何も見ずに不採用とするのは失礼すぎるわね。わかったわ。車を事務所へ回してちょうだい」

しかしながら、ディエスの例など奇跡のような確率だ。

（あれほどの人材発掘なんて、そう何度も起こるはずがないものね）

今回の幸助の相手は『ロイド』という名で紅の専属ボディガードだ。

暴漢50人との戦いの際に紅を守ったボディガードの1人であり、傭兵経験もある戦闘のプロである。

ディエスを除く紅の部下の中ではトップの実力を持つ人物だ。

（ロイドを倒すのは無理でしょうけど、それなりに戦えるようなら採用してあげてもよいかもしれないわね）

「それでは、試合始め！」

そう考えながら試合の合図を出した紅は、信じられない光景を目撃した。

「遠慮なくかかってきなさい」

「あ、はい」

幸助の右手がブレた瞬間、ロイドは膝から崩れ落ち意識を失った。

◆
◆
◆

久しぶりに使った『男女平等拳《アッパーカット》』。慎重に右手で打ったのだが成功して良かった。顎下皮膚一枚を掠《かす》めて綺麗に気絶させることができた。

周囲にバレないようニアに検査してもらったが問題はなかったようだ。後遺症はないだろう。

「とりあえず、バイト合格！」

「オメデトウゴザイマス！」

バイトのお誘いから試験までの一部始終を見ていたニアが祝福してくれた。

「それにしてもいきなり打ち合わせか。ちょっと緊張するな」

今俺はニアと一緒に紅さんの所有しているオフィスビルの一室で待機している。

もうすぐボディガードのトップの人が見回りから帰ってくるらしいので、仕事内容と時間を話し合うのだ。

「結城さん、護衛長のディエスさんが戻りました。こちらへ」

「わかりました」

さっき戦った黒服さんとは別の黒服に別室へと案内された。

「おっ、君がバイトくんっすか。ディエスです。よろしく」

「はじめまして、結城幸助と言います。よろしくお願いします」

部屋に入ると、ディエスと名乗る金髪の大男が気さくに話しかけてくれた。この人が護衛長か……えっ？

「金髪大男⁉」

「結城幸助⁉」

この人、雫さんを追っていた『強化』の異能者じゃないか！

「『強化』！」

先に『強化』の異能を発動する。オリジナルの前で習得した異能を発動するのは気持ち的に少し複雑だが、戦うにしても逃げるにしても有用な異能だ。背に腹は替えられない。

『戦闘は避けたい。今は逃げる』

『了解デス。防犯システム掌握。カメラノ映像ハ止メマシタ。窓ハ複層ガラスデスガ防弾仕様デハアリマセン。マスターノ打撃デ破壊可能デス』

ニアはいち早く俺の意図に気づき手を回してくれている。有難い、凄いなニア。

『窓から逃げる。攪乱を頼む』

『了解。逃走ト同時ニ消火装置ヲ起動サセマス』

相手の数も実力も未知数な状態ではこちらが不利だ。

ウルが近くにいないため陰陽術も通常出力で使えるので、窓を破って『散炎弾』で飛んで逃げるとする。

「いくぞ！」

「ストップ！　ストップっす！　こちらに戦う気はないんす！」

「え？」

「もう組織とは関係ないんすよ！　今は普通の仕事人間っす」

「……え？」

どゆこと？

「えーっと……とりあえず外でも行かないっすか？　ちゃんと詳しく話すんで」

『バイタル、発汗量、変化ナシ。嘘ヲツイテイル確率ハ低イデス』

ニアに嘘発見機能があるのは驚いたが、気にせず様子を窺う。

たしかに演技には見えない。周囲にいる職員達も本当に何のことだか分かっていない様子だ。

「わかった、外で話そう」

結局、ビルの近くにある公園で話し合うことになった。こちらの警戒心を解くためなのか、あえて逃げやすい場所を選んだようだ。

「そうっすねぇ……まずは、あなたとの戦闘の後の話からがいいっすね」

強化の異能者『ディエス』は、紅さんの下で働くに至るまでの経緯を話し始めた。

まず、俺との戦闘後に公然わいせつの容疑で警察に捕まり、身分証も住所もなかったために数日間勾留されていたらしい。その後、厳重注意だけで無事に出所できたものの、すでに組織の仮設支部は壊滅。構成員も皆撤退しており、ディエス1人置き去りにされたのだそうだ。

お金も身分証も組織の構成員が管理していたため完全な一文無しとなり、ホームレスとして1か月近く札幌市内で生きていたという。

「そんな時に紅さんと出会って仕事をもらったんすよ。だから、もう組織とは一切関係ないっす」

『バイタル、発汗量、変化ナシ。嘘ヲツイテイル確率ハ低イデス』

会話の最中もニアの嘘発見機能は作動中だ。

「たとえそれが本当だとしても俺はあんたを信用できない。雫さん達を襲った事実は変わらないからな」

バイト代は惜しいけど、今回の話は断ろう。関わらないほうが身のためだ。

「……交換条件ってのはどうっすか？」

「交換条件？」

「そうっす。自分のせいで紅さんが採用した人が辞めるのは申し訳ないんで、今回のバイトを受けてくれるなら自分からも報酬を出します」

「報酬？　バイト代を上げてもらっても話を受けるつもりはないぞ」

「金銭じゃないっすよ。自分の知る限りの戦闘術と『強化』の異能の使い方を教えます」

「！」

「理由は聞かないっすけど、自分と同じく強化の異能が使えるんすよね？　初めは陰陽術かと思いましたけど、ランクAの異能に匹敵する出力で発動できる術なんて聞いたことがないっす。だとすれば、同じくランクAの『強化』を持っていると考えたほうが納得できるっす」

この間の戦闘では「陰陽術っすか？　陰陽術っすか？」と言っていたので勘違いしたままかと思っていたが、バレてる。

術と異能の出力の違いは前にクロが似たようなことを言っていたな。術は多彩な分影響力は低く、異能は1つの現象に特化している分影響力が高い。

たった一度の戦闘でその事実を見極められたのだとしたら、相当な洞察力だな。

「戦闘術と『強化』の使い方か……」

正直魅力的な報酬ではあるが、戦闘術は習得能力で自然と身につくし、『強化』の異能も何度か使っているので熟練度は結構高い。

それだけで了承はできないな。

「不満そうっすね。それなら、自分が知る限りの組織の情報も教えるっすよ」

「組織って、異能組織の情報か？」

「そうっす。組織との契約では辞めた後に情報を漏らすなとは言われてないっすからね。知っている範囲であれば全然教えますよ」

「それは……」

『トテモ魅力的デスネ』

ニアも同じことを思ったようで、霊力糸を通してそう呟いているのが聞こえた。

異能組織については前にニアが情報を集めようとしてくれたのだが、組織の本拠地や目的といった核心部の情報は一切得られなかったのだ。

これは悪くないかもしれない。

「これ以上は本当に渡せるものがないっす。あとは金だけっすね」

「いや、お金はいい。今の2つの報酬を約束してくれるならバイトを受けるよ」

「マジっすか！　感謝っす」

こちらとしてもありがたい話だ。それに、初めは関わらないようにしようと思ったが、何か企んでいないか見極めるためにも近くにいたほうがいいだろう。

「途中でバックレられると困るんで、組織の情報は小出しにしていく感じでいいっすか？」

「ああ、それでいい」

「それじゃあ、戦闘術と強化の使い方講座はバイトの前や合間の時間に練習する感じにしましょう」

話を終えた後はビルへと戻り、ほかの護衛の人達と挨拶を交わした後にシフトを決めて帰宅となった。

まさかの展開だったが気持ちを切り替えないといけないな。早速明日から仕事だ。

「護衛か、動画見て勉強しておこうかな」

「有用ナ護衛術ノ動画ハピックアップシテアリマス。イツデモ見ラレマスヨ」

「ニア、凄いな」

今日も終始、ニアは優秀だった。

✦
✦
✦

「とりゃあ！」

「おお！　いい感じっすね。もうナイフ術は終了でいいでしょう」

バイト初日。オフィスビルの地下にある訓練場で、護衛長であるディエスに『強化』の異能の使い方や様々な戦闘術を学んでいた。

「にしても化け物じみた上達速度っすね。この調子なら2週間くらいで自分の持つ技術は全てマスターできそうっす。それよりも……」

訓練場の隅で静かな敵意を放つクロとシロとリンを横目に、ディエスは言葉を続けた。

「彼らをどうにかできないっすか？　敵意が凄すぎてこっちが集中できないんすけど」

「申し訳ないけど、どうにもできない」

なぜクロ達がこの場にいるのかというと、バイト先で以前戦った異能者と働くことになったことを知り、俺を心配してついてきたのである。

紅さんには「親が遠くにいて、バイト中は家で妹とペット達だけになるので連れてきてもいいですか？」と聞いたら快く了承してくれた。それどころか、バイト中は手の空いている職員がリン達の面倒を見てくれるらしい。

「やーん、超可愛い！　名前はリンちゃんっていうの？　アイス食べる？」

「きゃー、クロちゃんモフモフ～、あとでキャットフード買ってきてあげるね～」

「白いカラスって珍しいね、超カッコいい！　すっごい大人しいし羽もスベスベじゃん」

そんなリン達は、オフィスビルに控えている女性職員の方々に好き放題可愛がられながらディエスへ向けて敵意を放っている。

なんだこの状況？

ちなみに、ウルは霊体状態となって俺の周囲を漂いながら徘徊中だ。今日はなんだか大人しいな。

「さてと、そろそろ時間っすね。準備しますか」

「わかった。リン、クロ、シロ、バイトが終わるまで大人しくここで待ってるんだぞ」

「はーい」

「ニ、ニャー」

「カー……」

「すっごーい！　クロちゃんとシロちゃん返事してるー！　超可愛い～！」

「リンちゃんもお利口さんだねー。チョコ食べる？」

クロ達がついてくるのはバイトの邪魔にならない範囲までということで納得してもらっているため、ビルで大人しく待っていてもらう。

というか、女性職員さん達が異常な熱量で張り付いているのでついてくることはできないだろう。

「じゃあスーツに着替えてから現場に行きましょうか。行くまでの道中で仕事内容を説明するんで」

「了解」

軽くシャワーを浴び、事前に用意されていたスーツに着替える。護衛の人達に支給されているものと同じで動きやすく耐刃性に優れた素材でできている特注のスーツらしい。このスーツのお値段だけで俺の1か月分のバイト代より遥かに高そうだ、汚さないように大切に着よう。

「仕事内容は大きく分けて2つ。職員の出勤や帰宅途中の護衛と店舗内の揉め事処理っす」

「今日は店舗内の揉め事処理だったっけか」

「そうっすね。自分は各店舗の見回りをしなきゃいけないんで、詳しくは現場の職員に教わってください」

「わかった」

ディエスには職場の後輩として敬語を使うべきなのだろうが、雫さん達の一件で敬意を表したくはないのでタメ口で会話を続けている。微妙な関係性だ。

周りに他の職員さんがいる時だけは敬語で話すようにするかな。

「私がこの店の警護主任です。早速業務手順を説明しますね」

「よろしくお願いします」

初日はすすきのの一等地に建つ高級キャバクラの護衛だ。ベテランらしき初老の黒服さんが色々と教えてくれるらしい。

店内は至る所に金ピカの装飾が施されており、天井には大きなシャンデリアがいくつもついている。何だここ？　異世界か？

「基本的には待機室で店内の防犯カメラの映像をチェックして、厄介そうなお客様は事前にマークします。実際にトラブルが起きた際はすぐに駆けつけて状況に応じた対応を行います」

「3番テーブル、トラブル発生です！」

「早速ですね。ついてきてください。対処法は実際に見せながら教えます」

「はい」

問題の起こっているテーブルへ行くと、20代後半くらいの男性3人が接客が良くないだの酒が不味いだのと叫びながら暴れていた。

「お客様、どうかなさいましたか？」

初老の黒服さんは酒瓶を投げようとする男の手を掴み、暴れている男達に声をかけた。その隙にウェイターは接客していたキャバ嬢さんを避難させている。見事なコンビネーションだ。

「当店のサービスに何か至らない点でもございましたでしょうか？　もしそうでしたらお話を聞かせていただきたいので、あちらの談話室までお越し頂いてもよろしいですか？」

「あ？　うるせぇんだよジジイ！　俺は女と話してたんだ。不味い酒出してくるさっきの女連れてこい！」

男達は聞く耳を持たない様子で初老の黒服さんに掴みかかっている。1対3は流石に厳しそうだ。加勢したほうがいいかな。

「おいおい、この店はガキがボディガードやってんのかよ。酒も飲めねぇガキが粋がってんじゃねぇぞこら！」

そんなことを考えていると、突然男の1人に頭からお酒を浴びせかけられた。

「それは俺の奢りだ！」

「「ギャハハハハ!!」」

「……」

髪は洗えばいいが、スーツがべちゃべちゃだ。借り物の、スーツが……。

「……お客様、だいぶ酔ってらっしゃるようですね」

「なんて言ったこのガキ？　……ぐあっ」

「おい、どうし……がっ」

「ぐがっ」

「眠ってしまわれたみたいですね。酔いが回ったのかな？」

『男女平等拳《アッパーカット》・3連』！

男達は何が起こったかも分からぬまま意識を失い、ソファへ腰かけるようにして倒れていった。大成功、倒れる角度も計算通りだ。

スーツの恨み、思い知らせてやったぜ！

「今のは……いや、お客様を裏へお連れしなさい」

何が起きたか理解のできていないウェイターさん達に初老黒服さんが指示を出し、事態はすぐに収束した。

男女平等拳は防犯カメラのスロー再生でも映っているか分からないほどの速度で放ったため、誰にも気づかれてないはずだ。

おそろしく速いアッパーカット、相当な手練れじゃなきゃ見逃しちゃうね。

「結城さん。後で話がありますので、お時間よろしいですか？」

「あ、はい」

初老黒服さんに真剣な表情でそう言われた。

あれ？　気づかれてる？

✦
✦
✦

誰もいない幸助の家。その居間には1本の刀が結界に囲われた状態で置かれていた。

「………」

誰にも触れられていない日本刀の刀身が、静かに鞘から抜け始める。

「………」

刀は細いレイピアへと姿を変え、自身を囲うように張られた結界を何の抵抗もなくすり抜け、床へ落ちた。

「………」

レイピアは再び刀へと形を戻し、まるで周囲を見渡すかのようにその刀身へ部屋の中の物を映し始める。

「………」

壁にかかった家の鍵をその刀身へ映した刀は、自身より体積も質量もはるかに小さい鍵の姿へと一瞬にして変化した。

「………」

誰もいない幸助の家。

その居間には、結界に囲われた鞘とその下に落ちている1本の鍵があった。

✦　✦　✦

「やっほー結城くん、話は聞いてるよ。バイト順調そうだね」

「あ、リサ先輩」

お昼休み、リサ先輩が教室へ訪ねてきた。

「従業員さん達も褒めてたよ。卒業後は是非ともウチで働いてほしいってさ」

「あはは、考えときます」

昨夜のトラブルの際、初老黒服さんだけは俺が3人を気絶させたことに気づいており、バイトの最中に別室で話し合いがあった。怒られたわけでなく、むしろ実力を褒められた上にもっと実力を活かせる役割に就けるよう推薦してくれるという話だった。

お陰でバイト2日目にして、護衛の中でも実力者だけが就ける支援部隊への配属が決まったのだ。その話がリサ先輩の耳にも入ったのだろう。

ちなみに、支援部隊は時間給とは別に働きに応じたボーナスが貰えるらしいので初老黒服さんには感謝しかない。

「ところでさ、ディエスは元気にしてる？　昨日も出勤だったたって聞いたんだけど」

「元気そうですよ。昨日も朝まで各店舗回って働いていたみたいです」

「ふーん、そうなんだ」

ん？　なぜか意味深な雰囲気を感じる。

「そういえば、私今日は暇だからバイトに少し顔出すね。結城くんの苦労を労《ねぎら》いに」

「どうせ目的はリン達でしょ。あんまりお菓子とかあげすぎないでくださいね、晩御飯食べれなくなるんで」

紅さんのオフィスビルで働く女性職員さんだけでなく、リサ先輩もリンとクロとシロの虜になっている。昨日もバイトが終わってクロ達を迎えにいくと、お菓子やらキャットフードやら鳥用の餌やら沢山の貢ぎ物を持たせていた。

おやつ代が浮くのはありがたいけど、ありすぎても困る。

「それじゃ、また後でねー！」

「はいはい」

リサ先輩はそう言い残し、颯爽と自分の教室へ帰っていった。

「グギギギギ……」

「た、滝川……」

振り向くとイチゴ牛乳のストローを噛み締めながら滝川が血の涙を流しそうな目でこちらを見ていた。

「そのイチゴ牛乳、1階の自販機のやつか。美味しいよね」

「うん美味しいね。じゃねーよ！　水上姉妹や月野姉妹やアウルちゃんに加えてリサ先輩まで、なんで幸助ばっかり青春を謳歌してるんだ！　どう思いますか石田さん!?」

「いいことじゃないか、彼女がいると楽しいぞ」

「はっ！　こいつの方がリア充だった！」

滝川は忘れていたようだが、石田は大学生の彼女がいる現役リア充だ。

「うおおおおお！　彼女欲しいいいいいい！」

行き場を失った滝川の鬱憤は悲痛な叫びとなって教室内に響き渡った。聞いている女子は全員ドン引きだ。

滝川に春が来るのはまだ先になりそうだな。人のこと言えないけど。

「結城さん、ちょっといいですか？」

「ん？　ソージか」

今日は来客が多いな。リサ先輩の後はソージが訪ねてきた。

「ボディガードのバイトしてるって本当ですか？」

「あ、うん。そうだけど」

「給料もいらないですし絶対に邪魔にならないようにするんで、俺もついていくことってできますか？」

「え、それは……」

急にどうしたんだろう？　ボディガードの就職体験でもしたいのだろうか？

でも、ソージを連れていくのは絶対に無理だ。急な話だからというわけではなく、ディエスがいるので絶対に会わせるわけにはいかない。異能バトルが巻き起こってしまう。

「いいよ！　葛西くんもバイトできるようにお母さんに頼んどくね」

「リサ先輩!?」

「マジですか！　ありがとうございます！」

自分の教室へ戻ったはずのリサ先輩が再び現れ、ソージのバイト参加が決まった。

「というか、なぜリサ先輩がここに？」

「教室へ帰ろうと思ったら入れ違いで葛西くんが結城くんの教室に入っていくのが見えたから、面白そうだなーと思って戻ってきたんだよねー。面白いことを嗅ぎつける私の嗅覚からは逃れられないのよ」

こちらとしては全然面白くない。

あれこれと理由をつけて断ろうとしたのだが、２人とも一歩も譲らなかったためソージのバイトへの参加が決定してしまった。

結局、当人同士が合意していることを止めることはできなかったのだ。

「どうしよう……」

ディエスのことを話してソージが納得してくれればいいが、戦いになったら大変だ。その時は全力で止めよう。ウルブーストのかかった四重結界で囲ってしまおう。

「幸助、色々と大変なんだろうけど、それでもお前が羨ましい」

「……」

滝川に肩を叩かれながら、『葛西の相手をするのは大変かもしれないけど、それでもリサ先輩とお近づきになれるなら些細な問題に過ぎないぞリア充』とでも言いたげな表情でそんなことを言われた。

「バイト行きたくねー……」

バイト２日目にして重大な問題が発生しようとしていたのだった。

✦　✦　✦

幸助の家の玄関先にはバイトの時間に合わせて出かける準備をしているクロとシロとリンの姿があった。

「そろそろバイトの時間だな。準備はできているか？」

「カー」

「あ、カギ忘れたー」

カギを取りに部屋へ戻ったリンは、壁にかかっているものと同じキーホルダーのついたカギが足元に落ちていることに気づいた。

「んー……わかった。一緒に行きたいならいいよー」

リンはカギを見ながらそう呟き、足元に落ちていたカギを持って幸助のバイト先へと向かうのだった。

居間に残された鞘。リン以外の全員が、居間に堂々と置かれていた刀の存在をすでに忘れていた。

✦ ✦ ✦

「結城さん！　このバリア解いてください！　早くこいつ倒さないと！」

「だから何度も言ってるじゃないっすか。もう組織は抜けたんで捕まえたりはしないですよ」

「そんな言葉信じられるか！」

案の定、ソージとディエスが顔を合わせた途端争いが勃発した。そのため今はウルブーストのかかった『四重結界』で2人を別々に閉じ込めている。

ちなみに他の職員さん達は別室でクロ達とお戯れ中だ。この部屋には俺とソージとディエスの3人しかいない。

「何で俺までバリア張られてるんすか？」

「念のためだ。俺もお前を信じていない」

「酷い！」

そりゃそうだろ。ソージ達を危ない目に遭わせた組織の一員だし。

「ソージ、こいつがバイト先にいることを黙っていたのは申し訳ないと思ってる。でも、今だけは争うのをやめてくれないか？　こいつとのバイト期間が終わって必要な情報を得られたらボコボコにしていいから」

「酷い！」

バイトの期間は休戦する代わりにディエスには戦闘術と組織の情報を教えてもらっていることもソージに説明した。

「なるほど、そういう理由があったんですね」

「既に組織の情報はいくつか貰っているんだ。普段どういう活動をしているのかとか、異能者がどれくらいいるのかとか」

異能組織『ディヴァイン』は各国から異能者を集め、医療や軍事を中心とした技術開発を主に進めているらしい。普段日常で目にしている技術にもディヴァインで生み出されたものがあるそうだ。

そして所属している異能者の正確な数はディエスも把握していなかったが、ディエスと同じランクAと呼ばれる最高レベルの異能者は10名おり、2名が亡くなってディエスも抜けたので現在は7名となっているらしい。

「……わかりました。結城さんに免じて今は休戦とします」

「ありがとう」

「いいえ。その代わり、俺もバイトに参加するので戦い方と組織の情報は教えてもらいたいです。それと、そいつが不審な行動を取ったら俺は容赦なく攻撃します」

「ディエスもそれでいいか？」

「いいっすよ。今任されている仕事を果たせるのなら戦闘術でも前の職場事情でも何でも教えるっす」

空気は少しピリついているが、話はまとまったのでよしとしよう。

「結界解除」

『かいじょ～』

とりあえず結界を解除した。それにしても、ウルは今日も元気がないみたいだな。あとでリンゴでも買ってあげるか。

「それじゃあ早速、今日の組織情報を教えますか」

「俺も組織の本部に長く住んでいたからある程度の情報は知っている。俺の知っている情報は結城さんに教えられるからな」

「わかってるっすよ。2人が知らなそうな情報を提供すればいいんすよね。そしたら今日は、ディヴァインの目的について教えるっす」

「目的？　新技術の開発が目的じゃないのか？」

ソージの方を見るが同じことを思っていたらしい。

「新技術は目的の過程で生じた副産物っす。ディヴァインの本当の目的は神を創り出すことっすよ」

「神を創り出す？」

「そうっすよ。人をベースにして人工的に神を創り出すこと。それが組織の目的っす」

ディエス曰く、世界中から神の力を宿しているであろう遺物や道具を集め、そこから抽出した『神力《しんりょく》』を人に融合させることで神を創り出そうとしているらしい。

しかし、神を創り出すほどの力を融合するともなれば特殊な訓練を受けた人間であっても耐え切れる保証はなく、そもそも『神力』という存在すら曖昧なエネルギーと、人を融合させることなど普通に考えれば不可能だ。

それを無理やりにでも実現させるため、ベースとなる人間を『付与』によって強化し、人と神の力を『結合』によって融合。そこまでの過程を補助する機器類を物理法則を超えた出力で運用するため、『寒熱』による温度調節を行う計画らしい。

「それが組織の設立に至ったそもそもの目的らしいっす」

組織設立の根底にある目的。それを実現するためにも、異能組織は雫さんの『結合』、アカリさんの『付与』、ソージの『寒熱』を何としても手に入れたかったのだろう。

「神って……そんな実在するかも分からないもののために俺達は追われてたってことかよ」

「そういうことっすね。自分はもう組織を抜けましたけど偉い人達は本気で神様とか信じてるっぽいんで、これからも組織の人間がつきまとってくる可能性は高いっすよ」

ディエスの組織情報も一段落し、2人が神の存在の有無について話し始めた。

「神様か……」

そんな2人の話を聞きながら、俺はひとり考える。

異世界へ転生するはずが蘇生することになったあの日以来、神様とは一度も会っていない。

あの日の出来事は夢だったのではないかと思う時もあるが、この身体に宿っている能力やクロ達の存在が実際に起こった出来事だったのだと証明してくれる。

「どう考えてもあれは夢じゃなかった……」

自分を蘇生させ、辻褄が合うよう現実を書き換え、特別な能力を授けてくれた存在。

少なくとも、俺だけは知っている。

この世界に、神様は実在するのだと……。

✦ ✦ ✦

札幌市内のとある廃ホテル。そこの一室では蛭害の部下であるジャスパ、ニケラ、トウジョウの3人が紙の資料を片手にとある計画について話し合っていた。

「さすがは人気アイドル、護衛も優秀みたいですね」

「優秀か、殺さないよう制圧するのが面倒なだけだな。実力はアフガンの少年兵にも劣る」

「兵士と比較するのは酷ですよ。それよりも手順は覚えていますか？　そろそろ動かなければ
・・・本当の雇い主から契約を打ち切られる可能性があります」

ニケラの言葉に、ジャスパとトウジョウの2人は静かに頷き肯定の意を示した。

「わかっている。俺が花園紅の娘を拉致し、事が終わるまで奴と一緒に見張っておけばいいんだな」

「僕はお二人が動きやすいよう花園紅や主力の注意を引きつつ時間を稼ぐ」

「私はその間に花園紅の同盟者であるグレート・アルティメット・やよい側の戦力の制圧、もしくは殲滅ですか。その後は状況に応じてトウジョウかジャスパと合流し、随時各地点を制圧していく」

互いの目的を確認し合った3人は、各々の任務を達成すべく立ち上がる。

「決行は1週間後。それまでに必要な機材や部下は各自で準備しておいてください」

ニケラはそう伝えると、僅かに悩むそぶりを見せながら言葉を続けた。

「それにしても、真の雇い主の目的が未だに理解できませんね。初めは蛭害をサポートして徐々に札幌の裏社会を支配していくはずが、突然このような強行策を命じてくるなんて」

「その上、なるべく死人を出さないようにとの条件つきだしな。だが、理由なんざどうだっていい。パキスタンで見た重力を操る少年……理解を超えたあの力の秘密を知れるのなら、拉致でも暗殺でも何でもしてやるさ」

「僕も同じですよ。イギリスの森で見たタネも仕掛けもない本当の魔術《リアルマジック》……この程度の任務であの神秘の情報が得られるのなら安いものです」

トウジョウとジャスパの言葉に、ニケラも僅かに微笑みながら答える。

「そうですね。１００％の任務達成率を誇っていた私が唯一失敗した暗殺任務……あの死なない要人の秘密が分かるのなら、いくらでもこの手を汚しましょう」

ジャスパ、ニケラ、トウジョウ。常人であれば生涯知ることのない超常の力に魅せられた3人は、真の雇い主から報酬としてその情報を得るため、行動を開始するのだった。

✦
✦
✦

「結城さん、おはようございます……」

「おはようソージ。大丈夫か？　目の下のクマ凄いぞ」

「大丈夫です……これぐらいで弱音吐いてちゃ、強くはなれないんで」

今日は土曜で学校は休みなため、朝からソージと待ち合わせをして一緒に出勤している。

バイトを始めてからすでに10日が経ち、俺もソージもだいぶ仕事には慣れてきた。

ソージも俺と同じくバイト初日からその実力を認められ、通常のバイトとは違う配属先で活躍している。今は紅さんの親友で、『グレート・アルティメット・やよい』さんという名前も見た目も濃いめの経営者さんのところで働いているようだ。

「はぁ……」

「やよいさんのところ、だいぶキツそうだな」

第一印象は軍隊の教官のような容姿をしたやよいさんだが、心は女性でありその部下の方々も同じ思いを持った人達が多い。

そして、物言いはぶっきらぼうだが根は真面目で実力のあるソージは、やよいさんと部下の方々からとても気に入られており、それに関する業務以外の気疲れが溜まっているようだ。

「根はみんな良い人達なんすけどね……俺が厄介な客追い払うと、感謝のハグとか言いながら体弄《いじ》ってくるのはマジでやめてほしいっす。あと、やよいさんからは暇な時間に軍用格闘術教えてもらってるんすけど、隙があると寝技に持ち込まれて体弄られるのも、やめてほしいっすね」

「それは……大変だな」

それでも、やよいさんとの訓練は本当の意味で追い込まれるため、上達速度が上がるのはありがたいらしい。

ソージも苦労しているんだな。

「そういえば、軍用格闘術ってことはやよいさんやっぱり軍人だったんだな」

「多分そうです。どこで習ったかは教えてくれないんすけど、やよいさんプロ並みの軍用格闘術使えるんですよ。寝技だけならディエスより強いかもしれないです。他にも、銃弾躱《かわ》す訓練とか言いながらヌルヌルの液体入った水鉄砲でひたすら狙われ続けたり、銃はただの速い槍とか言いながら振動する変な棒でクソ速い突き連打されるのは精神的にもキツいっすけど、めちゃくちゃ為にはなるんすよね……」

「おぉ……」

やよいさんの格闘術には興味があるけど、体弄られてまで学ぶ覚悟はないな。あとでソージに教えてもらおう。

そんなことを話しているうちに紅さんの経営するオフィスビルへ到着した。

「おはようございまーす」

「おはようございます。ん？」

仕事前に集まる待機室へ行くと、すでに護衛の人達が全員揃っていた。その中心には紅さんと異様なほど真面目な表情で待機しているディエスもいる。何やらただならぬ雰囲気だ。

「あの、何かあったんですか？」

「おはよう2人とも。ちょうどよかったわ。これから重要な話し合いをする予定だったの」

重要な話し合い？　いつも仕事前は10分ほどのミーティングが行われるのだがそれとは違うようだ。やはり何かあったみたいだな。

「リサが、攫《さら》われたわ」

「「!!?」」

冷静な態度でそう告げた紅さんの言葉に、俺とソージは驚愕する。

護衛の人達や職員の方々はすでに知っていたようで驚いている人は誰もいない。悔しそうな表情で俯《うつむ》いている人や怒りで表情の硬い人ばかりだ。

「犯人は蛭害の部下のトウジョウという男の可能性が高いわ。リサにつけていた護衛の1人が一瞬だけ姿を見たらしいの」

「護衛がいるタイミングで攫われたんですか？」

「そうよ。護衛につけていた5人は精鋭部隊なのだけど、全員気絶させられていたわ。そのトウジョウという男たった1人にね」

紅さんに雇われている護衛の方々はとても優秀だ。その中でも、ロイドさんや初老黒服さんクラスの精鋭部隊は何か特殊能力でも使っているのかと思うくらい強い。

習得能力があるので負けることはないが、神様に強化してもらった身体能力だけではおそらく勝てない。それほどに熟練した戦闘技術を持っているのだ。

ちなみに、現場には銃撃痕や爆薬の跡も残っていたそうだが、気絶させられた全員は軽傷らしく命に別状はないそうだ。奇跡だな。

「そのトウジョウとかいうやつ、異能者ですかね？　ただの人間だとしたら化け物ですよ」

「まだ分からないな。情報が少なすぎる。というか、銃撃あったのに軽傷で済んだ護衛の人達も化け物だな」

「たしかにそうっすね」

小声で問いかけてくるソージにそう答えた。

異能者でも術師でもない普通の人間だとしたら互いにとんでもない強さだ。目的はやはり、すすきのの覇権か？　だとすれば人質は大切にするはずだけど、悠長なことは言ってられないな。リサ先輩が心配だ。

「紅さん、蛭害のところに向かわせてほしいっす。すぐにリサさん救出してくるんで」

「ダメよディエス。リサが蛭害のところにいるかも分からないし、そもそも蛭害が何処にいるかもまだ判明していないわ」

早朝に事件が起こってから、リサ先輩の居場所どころか蛭害の潜伏場所もまだ発見できていないらしい。

「大丈夫っす。蛭害の経営している店片っ端から潰してくんで」

「ダメだディエス。そんなことをすれば蛭害がどんな手に出てくるかわからない」

「じゃあこのまま待てって言うんすか!!」

「ちょっ、ディエス落ち着けって！」

ロイドさんに摑みかかる勢いで迫ろうとしていたディエスを俺とソージが止める。

流石に摑みかかる気はなかったようだが、凄い気迫だ。気楽そうな顔をしている普段のディエスからは想像もつかないほど真剣な表情で悔しさをあらわにしている。

「ディエス落ち着けって、そんなことをすれば逆にリサ先輩が危険だ。状況が悪くなるだけだぞ」

「だが、くっ……」

ディエスは浮浪者として生活しているところをリサ先輩に見つけてもらい、今の生活を手に入れた。

この生活を与えてくれた紅さんときっかけを与えてくれたリサ先輩に大恩を感じているようで、護衛の腕を見込んでくれたリサ先輩を守れなかったことに誰よりも責任を感じているようだ。

『とりあえずニア、ハッキング仕掛けてもいいから何とかしてリサ先輩を探してくれ。できるか？』

『可能デス。ソレデハ、市内ノ監視カメラニハッキングヲ行イマス』

霊力糸を通してニアにそう指示を出した。カメラのないところに連れていかれたら厄介だが、ニアなら痕跡くらいは見つけられるだろう。

「ん？　あれは結城くん家の黒猫くんではないかい？」

「え？」

初老黒服さんにそう言われて扉の方を見ると、クロが部屋の中に入ってきていた。あれ？　シロとリンはどうしたんだ？

というか、俺より先に出発してたはずだからすでにビルの別室にいるものだと思っていた。

『すまん。リンが攫われた』

『えっ？』

霊力糸を通してクロがそう報告してきた。

リサ先輩に続いてリンも攫われるって……どういうこと？　札幌物騒すぎない？

◆◆◆

『なるほど、リサ先輩が攫われる現場に偶然居合わせたのか』

『うむ。このビルへ向かう途中で偶然出会ってな。車で一緒に来ることになったのだが、その途中で襲撃を受けた』

クロ達はその場でリサ先輩を助けようとしたらしいが、相手は普通の人間だったので正体を明かさないよう努めたらしい。

代わりに、リンはリサ先輩を守るためにわざと一緒に捕まり、シロは現在上空から追跡しているそうだ。

ちなみに、相手は襲撃時に爆薬や銃器も使用していたそうだが、クロとシロがバレないように護衛の人達を守っていたため軽傷で済んだらしい。

護衛の人達が無事だったのはクロ達のお陰だったんだな。

『というか場所が分かるならすぐに向かおう！　リンも捕まってるならなおさら心配だ』

『いや、逆にシロとリンがついていればそう心配することもないと思うぞ。相手は手練《てだ》れだが、異能者でも術師でもなかった。他に仲間がいるとしても問題ないはずだ』

『それでも……いや、確かにそうか』

シロは判断力に優れているし、リンの斬撃はぶっ飛んでいる。相手が並の異能者や術師でも勝てるはずだ。むしろ相手が心配になってきた。

『シロとリンは強い。特に、限定的な条件ならリンは儂にも匹敵するほどだ』

『え、そうなの？』

状況にもよるらしいが、リンはこのコピー能力猫妖怪にも迫る強さらしい。

たしかに、つどーむやビルを破壊って化け物じみた能力がないと無理か。

『とりあえず場所は教えてくれ。大丈夫だとしても何があるか分からないし』

『うむ、もうすぐ伝令役のカラスが来る予定なのだが……』

『シロサンヲ見ツケマシタ。ココカラ15キロ先ヲ北上中、目標車両ノ後方20メートルノ位置カラ追跡シテイルヨウデス』

カラスを待つまでもなくニアが見つけてくれた。

利用意図が不明なのになぜか高解像度のカメラが備えられている人工衛星を見つけたので、

それをハッキングしてシロを見つけたらしい。すごいなニア。

『ソレト、彼ラノ仲間ト思ワレル一団ガ、同盟者デアルヤヨイサンノトコロヘ向カッテイルヨウデス』

『やよいさんも狙われてるのか』

『人質を陽動に使い、続けざまに別の地点を襲撃するつもりか。2点に戦力を割くとは、なかなかに思い切った戦略だな』

『イエ、3点デス。仲間ノ1人ガ、コノビルニ向カッテキテイマス』

『マジか』

こちらの戦力が一番集中しているところへ単身で乗り込んできたのか。なるほど、何らかの能力者である可能性が高いな。

もしかすると、リサ先輩のところややよいさんのところへ向かった連中にも能力者がいるかもしれない。リサ先輩のところにはリンとシロがいるとはいえ、相性が悪い相手だと危険だな。

「だからといってここを抜けるのも危険か、単身で乗り込んでくるってことは一番の実力者かもしれない……」

「結城さん、何を考え込んでるんですか？」

疑問を投げかけてきたソージの顔を見る。そうか、ソージもいるしディエスもいるのか。それに俺とクロとニアと最近静かなウル。

戦力は結構豊富だな。

『霊力糸、勝手に接続！』

「うわっ！　頭の中に結城さんの声が！」

「な、なんすかこれ⁉」

『落ち着いてくれ、これなら声を出さずに会話できる。頭の中で念じるように言えば話せるよ』

『こ、こうですか？』

『おお、便利な能力っすね』

急に声を上げたソージとディエスが周囲から怪訝《けげん》な目で見られたが、なんとか誤魔化しつつ霊力糸でクロとニアから教えてもらった情報を２人にも共有した。

紅さんの指揮のもと進んでいく会議とは別に、霊力糸を通して能力者組の会議を進めていく。

『敵は３か所っすか、最大戦力らしき相手が向かってきているのは気がかりっすけど……自分は防衛より制圧が得意なんでリサさんのところ行くのが向いてると思うっす』

『俺は、世話になってるやよいさんが心配です』

『そうか、それじゃあここの防衛は俺が担当する。俺の仲間もいるから、協力して制圧しよう』

ソージとディエスにクロとニアとウルを紹介した。２人ともニアとウルの存在には特に驚いていたが、すぐに打ち解けてくれたので問題はなさそうだ。

『ディエスはシロとリンには会ってるもんな。すでに現場にいるはずだから協力してリサ先輩を救出してくれ』

『あの白いカラスと幼女っすね。了解、協力本当に感謝するっす』

『僕達ハソージサンニツイテイキマス。ヨロシクオ願イシマス』

『よろしく～……』

『あ、ああ、こちらこそお願いします』

話し合いの結果、ソージにはニアとウルと協力してもらい、ディエスには現地にいるシロとリンと協力してもらうことになった。ここに残るのは俺とクロだ。

クロと一緒なら敵の最大戦力らしき相手でも対処できる自信はある。

『さてと、ウル、今の話ちゃんと聞いてたか？』

『聞いてたよ～……』

今日も元気がないな、最近ずっとこの調子だ。ニアが大丈夫と言うので組ませたのだが、本当に大丈夫か？

『ウルサン、実ハ今朝、問イ合ワセニ対スル返信ガアリマシテ……復活ノ可能性ガ見エテキマシタ』

『え、ニアっちそれほんと!?』

『本当デス。家ニ帰ッテカラモウ一度連絡シテミルツモリデス』

『早く帰ろ！　ご主人様！　早く帰ろう！』

『急にどうしたウル？』

『マスターノバイトガ終ワルマデハ帰レマセンヨ。僕タチガソージサント一緒ニ敵ヲ倒セバ、早ク帰レルカモシレマセン』

『敵？　どこ？　早く倒そ！　ボッコボコにしよ！』

よく分からないが、ウルのやる気が出たようだ。

ウルがいれば『四重結界』が使えるので防衛力は上がるのだが、ニアと密かに練習していたコンビ技があるらしいので、あえてそちらと組ませている。

まだ改良中のようだが、対人戦には充分通用するコンビ技らしい。

『それじゃあ始めるか、ニア』

『了解、メールヲ送信シマシタ』

ニアに差出人が蛭害になるよう偽装したメールを、紅さん宛てで送ってもらった。

リサ先輩の囚われている場所へディエス1人で来るよう挑発する文章と、やよいさんも狙うことを示唆する内容のメールだ。

「これは……」

「どうされたんですか？」

「蛭害から連絡が来たわ……ディエス、ちょっといいかしら」

紅さんには少し悪いが、作戦の第一段階は成功したみたいだな。

ディエスは単身でリサ先輩の救出へ向かうことになり、ソージは紅さんの護衛と共にやよいさんのところへ向かうことになった。

「ロイド以外の精鋭部隊もディエスの支援に向かいなさい。ディエス1人で来るよう指示があるから、絶対に気取られてはダメよ」

「「了解！」」

初老黒服さんを含めた精鋭部隊の6人も後続としてリサ先輩のところへ向かうようだ。やっぱりディエス1人には任せないよな。

『大丈夫っす。異能者や術師が何人いようと、後続の6人が突入してくる前に片付けるんで』

霊力糸を通してディエスがそう伝えてきた。

後続の突入前に殲滅《せんめつ》って……相手にもよると思うけど、たしかにこいつならできそうだな。

今回は味方で良かった。

「それでは行動を開始しなさい」

紅さんの指示を合図に、それぞれの目的のため俺達も動き出すのだった。

✦ ✦ ✦

「ロボットと妖精か……」

やよいの経営するバーへ向かう途中、スーツの胸ポケットにすっぽりと納まりながら周囲を見回すニアとウルを見やり、ソージはそう呟いた。

『うわー、大人の街って感じー！　ニアっち見て見て！　変な看板ある！』

『マスタート共ニモウ10日間モ通ッテイルノデスヨ。ソレト、アノ看板ハ見テハイケマセン』

(見た目はめちゃくちゃファンタジーだけど、意外と庶民的な会話してんだな……)

ソージは心の中でそんな感想を漏らす。ちなみに、霊力糸を通してニアとウルが話す内容はソージにも聞こえているが、周囲の護衛の人達には聞こえておらずウルの姿も見えていない。

『そういえば、ニアさんとウルさんは何ができるんすか？　能力の発動条件とかあるならそれに合わせて戦いますけど』

『僕ハ電子機器ヘノハッキング、敵ノ操ルゴーレムヤ式神ノ操作ガ可能デス』

『私はなんか色んな術使える感じかなー。ご主人様の側ならすっごい強いのも使えるんだけど、私だけだとそこそこのしか使えない感じ』

『ハッキングと色んな術ですか。あ、俺は〝寒熱〟っていう異能が使えて、凍らせたり熱したりできます』

『何それカッコ良！　なんか見せてー！』

『いやいや無理っすよ。周りにいる護衛の人達一般人ですし、人通りもありますし』

霊力糸を通してそんな談笑をしながら、ニアとウルとソージは『グレート・アルティメット・やよい』の所有する雑居ビルへ到着した。

「きゃー！　ソージちゃーん‼」

「ひいっ！」

扉が開くと同時に抱きつくよう飛びかかってきたやよいの腕を掴み、その巨体から繰り出される衝撃を絶妙なタイミングで受け流しながらソージはやよいの愛のハグを紙一重で躱した。

「これを躱すなんて……強くなったわね、ソージちゃん」

「実力を試したみたいな雰囲気出してんじゃねぇよ！　抱きつきたくて本気のタックルかましてきただろ今！」

『うわぁ。ニア、私この種族知ってる。オーガだ！』

『人間デスヨ』

膝をついた状態から立ち上がったやよいはソージとその脇に控える紅の部下を見やり、その表情を真面目なものへと変えた。

「紅ちゃんから連絡は来てるから、状況は理解してるわ。リサちゃんが捕まったそうね」

「状況理解した上でタックルかましてきたのかよ」

「ふふふっ、こういう状況だからこそユーモアも大切なのよソージちゃん。さてと、本来なら私は安全なところに隠れるのが良いのでしょうけど、今回は紅ちゃんのサポートも兼ねて相手の戦力を削ることにするわ」

「迎撃ってことですか？」

「そうよ。できるだけ早めに片付けて、ここの戦力も紅ちゃんのところへ合流できるのがベストね。既に戦えない従業員は安全なところに避難させているわ。この雑居ビルはウチの武闘派連中とあなた達以外は誰もいないから、存分に暴れて大丈夫よ。それじゃあ、ちゃっちゃと作戦会議しちゃいましょうか」

やよいと紅の部下もその言葉に頷き、作戦会議の末に雑居ビル内の各階層へ配置されることが決まった。

5階建ての雑居ビル。護衛対象であるやよいは部下の中でも最も実力のある2人とソージと共に逃走経路が確保されている3階で待機することになり、他の部下は1階の正面口と裏口を固め、紅から援軍として送られてきた護衛の10名は2階以降の各階と屋上で待機することになった。

「あの、やよいさん。念のために裏口付近の見回りしてきてもいいですか？」

「いいわよ。襲撃がいつ起こるかも分からないから、すぐ戻ってきてね」

「了解です」

そんな中、ソージはニアとウルを連れて裏口横の人気のない路地裏にある廃材置き場へと移動した。

『ここが廃材置き場っす。今なら周辺に誰もいないですし、ここの資材は処分する予定なんで勝手に使っても大丈夫なはずです』

『アリガトウゴザイマス。素材ハ少ナイデスガ、1体ハ作レマスネ』

『なんでここに来たかったんですか？』

『僕トウルサンモ戦ウ体ガ必要ナノデ、作ロウト思イマシテ。胸ポケットニイルトソージサンノ戦イノ邪魔ニモナッテシマイマスシ』

『え？　作るって、体をですか？』

『そうだよー。まぁ見てて見ててっ、まずは〝製鉄工場《アイアンファクトリー》〟！』

ウルがそう叫ぶと廃材置場の看板や鉄パイプが集まり、人の骨格のようなものが完成する。

『すげぇ……』

『まだまだー。続けてー〝黄金巨兵《ゴーガン》〟！』

鉄の骨格に廃材や配線が集まり、全長180センチほどのオレンジ色のゴーレムが出来上がった。

『すげぇ、妖精ってこんなことできるんすね』

『ご主人様が近くにいたらもっと綺麗で金ピカの巨大なやつ作れるんだけどね。それでも、今回はちゃんと見えないところにもこだわっているんだよ！　コックピットオープン！』

『うわっ、胸が開いた』

ウルの声でゴーレムの胸部が開くと、そこにはニアとウルが座れる小さな座席と妙に作り込まれたレバーやスイッチ、ディスプレイが備え付けられていた。

『マジで凄いっす。術って一瞬でこんな凄いロボット作れるんすね』

『正確ニハロボットデハナクゴーレムデスネ。チナミニ、コノスイッチヤレバーハ全テ飾リデス』

『え、そうなんすか？』

『そうだよー！　形さえ整ってれば霊力糸でニアが動かしてくれるから、コックピットの中身は全部飾り！　雰囲気重視！』

『あ、そうなんすね』

それでも充分凄いなと改めて思うソージを横目に、ウルがニアを抱えてパタパタと飛び、ゴーレムのコックピットへと移動した。

『内装はとあるガ◯ダムを参考にしています！』

『ガ◯ダムハ◯ートデスネ、素晴ラシイ再現度デス』

『おお、さすがニアっち、分かってるねぇ～』

『先進的ナデザインノ2人乗リ機体ハ限ラレマスカラネ。ドウセナラ、ディスプレイニ外ノ映像ガ映ルヨウニシテミマスカ。ソノホウガ本格的デス』

『えっ、そんなことできるの!?　ガラスの破片とかだよそれ』

『霊力糸ヲ通シテ感ジトレル視覚情報ヲ映像ニ変換スレバヨイノデス。多少複雑ナ演算ハ必要デスガ、可能デス』

『何言ってるかよく分かんないけど、ニアっち、天才！』

（何言ってるかよく分かんねぇけど、この妖精とロボット、雫と気が合いそうだな）

そんなことを考えながら、ソージはあることに気がつく。

『あの……その姿、結構目立つ気がするんすけど』

『あっ』

『アッ』

全長180センチでゴツめなデザインのオレンジ色のゴーレム。下手すれば即通報レベルの存在だ。

『丁度イイ布ハ……ナイデスカ。ウルサン、操作ハ僕ガスルノデ、製鉄工場《アイアンファクトリー》ヲ使ッテモラッテモイイデスカ？』

『あ、なるほど。いいよー！〝製鉄工場《アイアンファクトリー》〟！』

雑居ビルの周辺に散らばる砂鉄がゴーレムに集まっていき、皮膚のように体を覆い始める。それとは別に、砂鉄の一部は薄い布のような形状へ変化していき、黒いローブへと形を変えた。

『ローブモ体表モ純鉄製ナノデ、至近距離ノ銃撃ニモ耐エラレマス』

『黒ずくめの鋼鉄ゴーレム、カッコ良いね！』

『街中じゃ黒いローブも目立つ気がしますけど、さっきよりはマシですかね』

その後、ニアとウル共同作の黒ずくめゴーレムはどう頑張っても目立つため、隣のビルの屋上で待機することに決まった。

『ソウイエバ、葛西サンハ演技ニ自信ハアリマスカ？』

『演技ですか？　すみません。めちゃくちゃ下手です』

　ソージはまだ中等部だった頃、学園祭の演劇で披露した大根役者っぷりを思い出しながらそう答えた。

『ワカリマシタ……ソレデハ注意事項ダケ伝エテオキマス。マズ、バーへ戻ッタラ敵ガ侵入シテクルマデ絶対ニバーカウンターノアル部屋カラ動カナイデクダサイ。外デ物音ガ聞コエテモ通信ガ途絶エテモ、必ズバーカウンターノアル部屋カラ移動シテハイケマセン』

『え、はい、わかりました』

『次ニ、ヤヨイサンヤ専属護衛ノ方々ニハ、バーカウンターノアル部屋デハナク奥ノ休憩室ヤキッチンノ方デ待機シテモラッテクダサイ』

『わ、わかりました。何かの作戦ですか？』

『ソウデス。葛西サンハバーへ敵ガ侵入シテキタ際ニデキル限リ時間ヲ稼グヨウ動イテモラエルト助カリマス』

『了解です。やってみます』

　演技に自信はあるかという質問からの作戦指示。演技力のない自分が内容を知ると支障が出る作戦だと察したソージは、ニアに内容を聞くことはしなかった。

『襲撃者ハ５分前ニ人混ミへ紛レタタメ見失ッテシマイマシタガ、間モナク襲撃ガ始マルハズデス。気ヲツケテクダサイ』

『それじゃ、また後でね～！』

『そっちも気をつけて』

ロープ状の砂鉄の形状をワイヤーへと変化させ、隣のビルの屋上へ吊り上げられるようにして登っていくゴーレム。

（すげぇ、結城さんの仲間ってなんでもありだな……）

そんな感想を抱きながら。屋上へ登っていくゴーレムを見送った後にソージもやよいの待機するバーへと戻っていったのだった。

✦ ✦ ✦

「リンちゃん、心配しなくても大丈夫だからね。絶対にディエスが助けにきてくれるからっ」

「んー、わかったー」

逃げられないよう両手と両足を結ばれた状態で護送車の後部座席に寝かされている花園リサとリン。

リサはリンを不安にさせないよう気丈に振る舞いながら、車内で優しく声をかけ続けていた。

そんな中、リンはこの状況下で静かに悩む。

（む～、刀とられちゃったけど、このお姉さんがいるからとりかえせないし……でも返してもらいたい～）

車を運転するトウジョウを睨みながらリンは考える。

（この子がいるから紐も車もかんたんにきれるけど……お姉さんにもこのおじさんにも見られちゃダメだし、見られちゃったらシロにきっとおこられちゃうし、どうしよう？）

車両の後方から追跡しているシロの霊力を感じ取ったリンは、もどかしい気持ちのまま自身がどう動けばよいのかをひたすらに考えていた。

普段から幸助とクロとシロに能力を一般人に見られてはいけないと言いつけられていたため、リンはその言いつけを守るあまり身動きが取れない状況に陥っていたのである。

（んー、のうりょくが見られないようにこのお姉さんをたすけて、刀もかえしてもらえばいいから……あ！　見られてないときにきればいいんだ！）

リンがこの子と呼ぶ存在を刀に変化させ、縄を斬り、衝撃波でトウジョウを気絶させ、車を走行不能な程度に斬る。

約2秒弱で全ての工程を終えられると考えたリンは、トウジョウとリサが同時に自分から意識を逸らす瞬間を見逃さないよう、リサに気を配りつつ運転席にいるトウジョウを睨み続けることにした。

✦　✦　✦

（なんだ……このプレッシャーは？）

トウジョウは謎の緊張を感じ、頬に一筋の汗を流しながら車を走らせていた。

（中東で敵の罠に掛かった時のような……一歩間違えれば命を落としかねないほど追い詰めら

れた時の感覚。プレッシャーの出所は、白い刀を持っていたこの少女か？　いや、他のところからもプレッシャーを感じる。わからん、わからんが、気の抜けない状況なのは確かだな）

トウジョウは目の前の状況と一致していない自身の感覚に戸惑いながらも、冷静に状況を分析し続けていた。

（くっ、またこの感覚か、一体どういうことだ？）

時折後部座席の様子を窺うと、まるでこちらの隙を窺うような視線を向け続ける白髪の少女と目が合う。その度に、戦地で死闘を繰り広げたエース級の兵士達と睨み合ったかのような妙な感覚に陥り、トウジョウの戸惑いは深まっていった。

（どう見てもただの子供、俺が本気を出すまでもなくひねり潰せる存在……のはずだが、なんだこの奇妙な感覚は、油断できん）

常人の域を超えているトウジョウの危機察知能力。数多くの死線をこの能力でくぐり抜けてきたトウジョウは、自身の感覚に絶対の信頼を置いている。

だが、その信頼が揺らぐほどの状況に激しい動揺を感じていたのだった。

（まぁいい、考えてもわからんことに時間を割く必要はない。やることは変わらん。事が終わるまで花園リサを見張り、救出に来た花園紅の部下は制圧する。それだけだ）

そう考えたトウジョウはアクセルを踏む足に力を入れる。

「それにしても、今日はやけに外が騒がしいな……」

上空を飛び交うカラスの群れを横目にそう呟きながら、トウジョウはアジトへと車を走らせるのだった。

✦
✦
✦

「カー……」

車からアジトの中へと運び込まれるリンと花園リサの姿を、シロは電柱に留まりながら不安げな表情で見つめていた。

「カカーカ……」

リンが心配だ……。そう呟くシロの真意はリンの身に何かが起きることではなく、リンが状況を打破するために取り返しのつかない事態を引き起こす可能性についての心配であった。

先の戦闘で敵の装備と実力を把握しているシロには、リンの状況が危険だとは思えなかったのである。

「カカー……？」

それよりも、リンと重なる謎の気配。その存在をシロは気にかけていた。

敵意は感じないが、幸助やクロに似た強大な気配。車の走行中にリンの側から突如として現れたその気配をシロは警戒していた。

「カカーカ……」

今は情報の収集に努めるしかないか……。

そう呟いたシロの声に反応し、周囲の街路樹や電線に留まっていたカラスが一斉に飛び立つ。

そして、空を黒く染めるほどのカラスの群れが、トウジョウが潜伏するアジトの周囲を飛び交う。

まるで、そこにいる者にこれから起こるであろう不吉を暗示するかのように。

✦ ✦ ✦

「私は2枚交換で」

「俺は3枚で……」

俺は今、オフィスビルの一室でスーツ姿のハーフっぽい顔立ちをした30代前半の男性とポーカーをしている。名前はジャスパと言い、蛭害の側近の1人なのだそうだ。

「私はキングのワンペアです」

「えっと、スペードのロイヤルストレートフラッシュです」

「またですか⁉」

ジャスパが驚愕し、膝の上に座るクロがニヤリと笑う。

『ふっ、儂を化かそうなど100年早いわ！』

テンションの高いクロ。驚愕の表情でイカサマがないか入念にトランプを調べるジャスパ。

紅さんや護衛の方々から畏敬の念を送られる俺。

なんだこの状況？

「ふ、ふふふっ、そ、相当運が良い方のようだ。色々な方々と勝負をしたことがありますが、ロイヤルを8回連続なんて初めてされましたよ。凄い偶然ですね」

「ほんと、凄い偶然ですね」

「次も私が配らせていただいても宜しいですか？」

「あ、はい。どうぞ」

どうせ結果は変わらないんで……。

そう思いながらトランプを渡す。

「5枚交換で」

「それでは、私も5枚交換で」

「ロイヤルストレートフラッシュです」

「またですか!?」

もう何度目かも分からないやりとり。次はハートのロイヤルストレートフラッシュだった。

『ふっ、今回も小細工を仕掛けていたようだが、甘い、甘すぎるわ！』

クロのテンションが高い。

遡ること30分前。

ジャスパがこのオフィスビルへと乗り込んできたところからこの状況が始まった。

「武器は持っていません。持ち物は、これだけのようです」

ジャスパのボディチェックを終えた護衛の方が、回収したトランプを紅さんに見せながらそう伝えた。

「トランプ、ね。これはどういうつもりかしら？」

「まぁまぁ、そう警戒しないでください。それは本当にただのトランプですよ。私はただ話し合いに来ただけなんです」

聞くと、トランプゲームでもしながら普通に話し合いをしたいということだった。

ジャスパは蛭害陣営に対して忠誠心がなく荒事も苦手なため、交渉次第ではリサ先輩の捕らえられている場所と蛭害の潜伏場所についての情報を提供すると言ってきたのだ。

「もうリサの居場所は分かっているけど、蛭害の潜伏場所は気になるわね。でもあなたの言動は信用できないわ。それに、ここに単身で乗り込んできて無事に帰れると思っているの？」

紅さんの言葉に周囲の護衛の人達はジャスパへ向けて殺気を放っている。

「拷問でもしますか？　先ほど荒事は苦手と言いましたが、私も修羅場はそれなりに潜っています。時間の無駄だと思いますけどねぇ？　ついでに言うと、私には人質としての価値はありませんよ。そうでなければ単身で乗り込んだりはしませんから」

ジャスパは眉一つ動かさず平然とした表情でそう答えた。初めは物腰柔らかな愛想の良い男性という印象だったが、やはり油断できない相手のようだ。

「いいわ、あなたの意図を探るにしても拷問するにしても時間がかかる。提案に乗ってゲームでもしながら語り合うとしましょうか」

「素晴らしい決断力ですね。蛭害さんとは大違いだ。ゲームは何が宜しいですか？」

「余計な時間はかけたくないわ。ポーカーでいいわよ。チップもないからファイブカードドローでやりましょう」

時間が惜しいので、紅さんは淡々と話を進めていく。

凄いな、不測の事態にも全く動揺していない。

「ポーカーですか、わかりました。ですが、どうせやるなら勝敗に価値も欲しいですね。たとえば、あなたが勝てばその度に欲しい情報を1つ得られる。とかはどうでしょう？」

「私が負けたら？」

「別に何もなくていいですよ、ただのゲームですから。交換は1回でいきましょうか」

そう話すジャスパは近くにあった席へと腰掛け、おもむろにカードを配り出した。しかし、その様子を真剣な表情でクロが見つめている。

『ふむ……この勝負、あの紅という女性にはやらせんほうがいいかもしれん』

『ん？　どうしてだ？』

『奴は呪術の類を使っている可能性がある』

そう語りかけてきたクロに詳しく話を聞くと、約束や勝負事を条件に発動する『呪術』という術が存在するらしい。

一流の呪術師であれば軽い口約束やじゃんけん程度の勝負に勝つだけで相手を呪うこともできるそうだ。

緩い条件の呪術であれば術師や異能者にはそれほど影響はないが、一般人には致命的な影響が出ることもあるらしい。

『霊力の類は一切感じなかった。〝疑似・感知〟でも能力の反応はなかった。故にただの勘違いの可能性もあるが、警戒しておくに越したことはないだろう』

『わかった。それなら俺が代わったほうがいいな』

『そうだな、勝負の放棄が発動条件の可能性もある。それに万が一呪術の類だったとしても、並の術ではお主にも儂にも効かん。身代わり札もあるしな』

呪術の効果も『身代わり札』で防げるらしい。本当に便利だな身代わり札。ソージやディエスにも10枚ずつ配ってストックも減ってきたので、帰ったらまた量産しよう。

そう考えながら紅さんを説得し、トランプが配り終わる前に対戦相手は俺に代わることとなった。

『呪術だとすれば勝負に勝つことが発動条件である可能性が高い。敗北を発動条件にしてわざと手を抜いて負ければ、術の効果が使用者へ返ることもあるからな』

『なるほど、呪術って難しいんだな』

『うむ、不正によって条件を満たそうとすれば呪術の効果が何倍にも膨れ上がって使用者へと返るのだ。だが、不正の範囲は使用者の認識によって変わる。使用も難しいが客観的に成功の有無を判断するのも難しいのが呪術なのだ』

『とりあえず、この勝負は俺が勝ち続けることが呪術の発動を防げる可能性が高いというわけか』

『そうだ。それに関しては儂が全力で支援しよう。要は完全に証拠を残さず不正を行えばよいのだ。ちなみにだが、儂は呪術戦において負けたことがない』

『うわぁ、クロの目がギラギラしてる』

妖にも呪術を使う者は多く、そういった相手をことごとく返り討ちにしてきたらしい。だから呪術に詳しいのか。

それと、クロの目がサバンナで獲物を見つめるライオンみたいな目になってる。見た目は黒猫なのに目の圧が凄い。

「君が相手ですか。まぁいいでしょう」

「えっと、よろしくお願いします」


そして現在の状況へと戻る。


「またロイヤルストレートフラッシュです」

「まま、またですか!!?」

『ふははは！　未熟者め！』

何度もトランプに触れているうちに気がついたが、ジャスパが持ってきたトランプは各カードごとに裏面の模様や手触りが違う。マジック用のトランプにそういうのがあると聞いたことがあるから、その類だろう。

言われても気づかないほど微妙な違いだが、その違いとプロ級のカードコントロールによってジャスパが必ず勝つ手札になるよう細工をしているようだ……が、俺とクロには全く関係ない。

「改めて思うけど、クロの能力ってチートだなぁ……」

ゲームの開始直後から、すでにクロのチート幻術は絶賛発動中だ。

手札を開いた瞬間に俺のカードは好きな柄へと変わり、辻褄が合うようジャスパの手札も変わっている。

クロの幻術はとても丁寧で裏面の模様も手触りもカードの柄に合わせて変わるため、５ゲーム目あたりからジャスパはあからさまに裏面の模様と手触りを何度も確認していた。

たしかに、手札を見た瞬間に手触りも何もかもが変わったら驚くだろうな。

「これで10連勝。何か聞いておくことありますか？」

「いえ、もう充分よ」

既に蛭害の潜伏場所も戦力も側近であるトウジョウとニケラの仲間の数も装備も得意戦術も、必要そうな情報はあらかた聞き終えている。

これ以上は何もないな。

「ま、まだです！　最後にもう一度だけ！　次のゲームで私が負ければ、我々の本当の雇い主に関する情報もお教えします！」

「本当の雇い主？」

「あなたの雇い主は蛭害ではないの？」

「違います。私もトウジョウもニケラも、本当の雇い主の指示に従って蛭害の下で働いているだけです。ちなみに、本当の雇い主は蛭害にも資金提供をしているようですよ」

こいつ、一番重要そうな情報をわざと隠していたのか。ますます信用できないな。

『次の勝負で最後なら少しこちらからも仕掛けてみるか。呪術どころか霊力を発する気配すらないからな』

『仕掛けるって、目立つ技はダメだぞ？』

『わかっておる。カードの柄を少し変えるだけだ。周囲にバレるようなヘマはせんよ』

クロが次のゲームで仕掛けるそうなので警戒をより強めるとしよう。『強化』の異能で動体視力を極限まで上げ、『三重結界』はすぐに発動できるよう頭の中でイメージを保っておく。

クロも今まで以上に集中しているようだ。

「ラストは交換なしの一発勝負で行いませんか？」

「いいですよ」

ジャスパの提案に同意し、最後の戦いが始まった。

✦
✦
✦

トランプゲームはジャスパにとって作戦の準備段階でしかなかった。

どんなに小さな勝負であっても、敗北感から生まれる微かな悔しさや怒りは感情を揺さぶる。

心理学、催眠術、承諾誘導、メンタリズム……あらゆる人心掌握術を極めているジャスパにとって、その僅かな心の揺らぎは付け入るのに充分な隙であった。

心理的優位な状況を作り出し、紅を含めた主要人物の人心を掌握。トウジョウとニケラが仕事を終えるまでゆっくりと時間を稼ぐ計画――――

（――――のはずが、い、一体どうなっているんですか!?）

ポーカーというゲームにおいて、ジョーカーを除いた52枚のカードで作れる最上位の役、ロイヤルストレートフラッシュ。

それをワンペアでも揃えるようなノリで出し続ける目の前の少年に、ジャスパは激しく心を揺さぶられていた。

（このトランプはプロでも見抜けないほど高度に隠蔽されたトリックデック《イカサマ用トランプ》。尚且つディーラーも私自身、52枚のカードは全ての位置を把握している。配り間違えるはずがない。それなのに……）

交換を挟んでもワンペアすら揃わないようカードの順番を調整して配るが、何食わぬ表情でロイヤルストレートフラッシュを揃えてくる。バレないようエースを全て抜いて配り直してもロイヤルストレートフラッシュ。抜いたエースを確認すると全く違うカードに変わっている。

まるで魔術でも使われているかのように……。

（舌下に仕込んでいた解毒剤とカフェインは既に摂取している。幻覚剤や催眠術による作用ではないことは確かですね）

何度も何度も入念にトランプを調べ、絵柄を確認し、再度配り直す。

ジャスパは今回も裏面の模様から幸助の手札を全て把握していた。ワンペアすら揃っていない。

そして手札を開くと、またもやロイヤルストレートフラッシュが揃っている。すぐさま裏面を確認するが、模様も既に変わっている。

（……まさか、まさかこれは!!）

もう一度、もう一度だけ確認したい。その一心からジャスパは当初の目的すら忘れて言葉を紡いだ。

「ま、まだです！　最後にもう一度だけ！　次のゲームで私が負ければ、我々の本当の雇い主に関する情報もお教えします！」

そうして訪れた最後のチャンス。

行うのはシンプルな戦略。初手で既にスペードのロイヤルを揃えておき、引き分けに持ち込むだけだ。

既に何度かこの策を行っていたが、配り終えた手札を確認する寸前に手触りも裏面の柄も全てが変わり、失敗に終わっていた。

だが、この方法がカードの変化を一番感じ取れるため、ジャスパは最後にこの策をもう一度行うことに決めていたのだ。

「さて、今回はどのような手札に……えっ？」

思わず拍子抜けたような声を出してしまうジャスパ。なぜなら、自身の手札を確認すると意図していた通りにスペードのロイヤルストレートフラッシュが揃っていたのである。

（いや、これが正常な状態ではあるのですが、なぜ今回に限ってぇええええ!?）

『こちらも悠長に遊んでいる暇はないのだ。正直に目的を話せ』

突然頭の中に響いた声に動揺しながらも、ジャスパはその驚愕を表情に出さないよう必死で抑えた。

（い、一体何が起こっているんですか……!?）

なんと、手札にあるスペードのキングが剣を向けながら頭の中に響く声で語りかけてきたのである。

周囲を見渡すがプロジェクターによってカードに映像が投射されているわけでもなく、そもそもこの状況に誰も気がついていない。カード自体も映像を映し出せる機能などない普通の紙である。ジャスパは歯の詰め物に電波を遮断する材質の物を使用しているため、頭の中に響く声も鉱石ラジオの仕組みを利用したトリックでもないと確信する。

(まさか、本物……本物なのか?)

これ以上ないほどに驚愕するジャスパを嘲笑《あざわら》うかのように、手札のカードの絵柄が徐々に変わっていき、何の役も揃っていないバラバラの絵柄へと変わった。

「えっと、スペードのロイヤルストレートフラッシュです」

そして目の前の少年が揃えた役は、先ほどまで自身の手に握られていたスペードのロイヤルだった。

「本物の魔術《リアルマジック》……」

その呟きの直後、ジャスパは転げ落ちるようにして椅子から身を投げ出し、目の前の青年へ勢いよく土下座した。

「どうか、どうか私を弟子にしてください!!!」

「ええっ!?」

床に頭を擦り付ける勢いで土下座したジャスパには、引き攣《つ》った幸助の表情は見えていなかった。

✦
✦
✦

ニケラの部隊による雑居ビルの掃討作戦は順調に進んでいた。

「完全に意識を失っているわね……」

無色無臭の睡眠ガス。ニケラは事前に雑居ビルへ侵入し、その発生装置をビル内の各所へ設置していたのである。

「あまりにも順調すぎるわ。異様ね」

やよいがいるであろうバーへと向かう中、意識を失っている護衛ややよいの部下を見やりながらニケラはそう呟いた。

「ニケラ様、只今屋上から侵入した部隊より連絡がありました。上層階を警備していた者達も皆意識を失っているそうです」

「そう、わかったわ。そのまま階を降りてくるよう伝えなさい」

背後に控えている部下からの報告に、僅かな違和感を覚えながらもニケラはそう返した。

ガスの性質上、換気されやすい1階や屋上には効果が薄いとニケラは考えていたが、その予想が杞憂に終わり、順調すぎるほど計画が進んでいる違和感に疑問を感じていたのである。

「意識のある者は誰もいない。このままなら成功率は100%……明らかにおかしいわね」

まるで誰かの手の上で踊らされているような奇妙な感覚。その違和感の原因が何かを摑めないまま、ニケラは部下と共に雑居ビルの中を進んでいった。

「ニケラ様、この店で……ぐあっ!」

やよいの経営するバーへの扉を開けようとした部下が苦悶の表情で驚きの声を上げた。

その手には火傷の跡があり、触れたドアノブが宿している熱量の高さを表している。

「幼稚な小細工ね、早く開けなさい」

「かしこまりました……!?　扉が、凍っているようです」

ドアノブに布を巻きつけて無理やりこじ開けようとした部下が、施錠によるものではない抵抗と扉の隙間から感じる冷気を浴び、そう叫んだ。

「あら、ただの小細工かと思ったら結構面白い罠じゃない。構わず突入しなさい」

「「了解」」

ニケラは部下の２人にそう命令を下す。

現在ニケラの側には1階から共に潜入した部下の４名がいる。そのうち２人が戦闘不能に陥ったとしても、バーの制圧に支障はないと判断し、２人に突撃を強行させたのだった。

「ニケラ様、床が水浸しに……なっ!?」

「体が、凍る！」

薄暗いバーの中で突入した部下の悲鳴が響き渡る。

「なかなか面白いトラップね」

僅か1分と経たないうちに部下の２人は身動きが取れないほどの氷で覆われていた。

その過程をバーの外から見ていたニケラは見たことのない現象に興味をそそられつつも、中で待ち構えている相手に対して最大限に警戒を強める。

「氷から脱出はできる？」

「も、申し訳ございません。脱出は難しいです」

「自分も不可能です」

氷に閉じ込められたニケラの部下は顔だけ凍らされていない状態のため命に別状はない。だが、氷を排除する工具がなければ脱出は不可能な状態となっていた。

「全員まとめて拘束できれば楽だったんだけどな」

「あら、あなたがこの罠を仕掛けた張本人かしら？　銃器の使用を許可するわ。制圧が難しそうなら殺害しても構いません」

「「了解！」」

ニケラの部下は拳銃を取り出し、声の主に向けて発砲を開始する。身動きを封じるために手足を狙って放たれた弾丸は、瞬時に現れた氷の壁によって阻まれ、声の主へと届くことはなかった。

「銃はただの速い槍か……やよいさんの言葉、早速役に立ったな」

声の主であるソージはそう静かに呟き、銃を構えたまま侵入してくるニケラの部下２人を睨みつける。

「寝技を使う暇はなさそうだな」

ソージはそう呟いた直後、『寒熱』によって大量の蒸気を発生させた。

「煙幕!?　いや、蒸気か！」

「結城さん直伝……男女平等拳《アッパーカット》！」

「ぐっ……」

蒸気の中、ソージはニケラの部下の１人へと接近し顎下を掠《かす》めるようにして拳を放つ。

放たれた拳によって意識を奪われたニケラの部下は崩れ落ちるようにしてその場に倒れた。

「店内から出なさい、地の利が悪いわ」

「了解」

「逃すか！」

ソージはバーから脱出しようとするもう1人へと接近し拳を放った。

「甘い」

「くそっ！」

だが、相手に読まれていたその拳は即座に受け止められ、そのままソージは拘束されて身動きを封じられる。

「そっちこそ甘いんだよ！『寒熱』！」

「ぐあああああっ！」

「おら！　さっさと放さないと焼け死ぬぞ！」

「に、ニケラ様！　私ごと！」

「言われなくてもそうするわ」

「マジかよ!?」

味方ごと撃ち抜くつもりで向けられた銃口に驚きながらも、ソージは蓄えていた熱量を脚部から一気に放出することで小規模の水蒸気爆発を起こし、拘束を解いてバーカウンターの奥へと身を隠した。

「動けますか？」

「申し訳ございません。死に至るレベルではありませんが、手足の骨を損傷しました。これ以上の戦闘は難しいです」

「そうですか、そこで待機していなさい」

ニケラはそう言いながら自作のリモート爆弾を懐から取り出す。

「熱を操る装置なんて面白い道具を使うのね。それを捨てて大人しく降参するならこちらもこれ以上戦闘を行わないわ。どうかしら？」

「熱を操る装置か……捨てたい時もあったが、あいにく簡単に捨てられる代物でもねぇんだ。それにあんたの言葉は信用できねぇ。降参する気はさらさらないね」

「そう、残念ね」

その呟きの後にニケラはリモート爆弾をバーカウンターの横にある扉の方へと投げ込んだ。

「クソがっ！『寒熱』！」

その扉の奥ではやよいとその部下が眠っている。そのことを思い出して焦ったソージは、爆弾を凍らせて爆発を防ごうとする。だが――

「敵から目を逸らしてはダメよ」

――その動きを読んでいたニケラはソージの死角へと移動し、容赦なく銃弾を打ち込んだ。

「念のために爆破もしておきましょう」

そう呟きながらニケラは爆破ボタンを押すが、爆発が起こらないことに首を傾げる。

「まさか、電池まで凍らされて起電力が発生しなくなっているのかしら？　液体窒素か何かだと思っていたけど、それを遥かに上回る冷却力みたいね。殺す前にタネを聞いておくべきだったかしら」

そう呟きながらソージの遺体を確認しようとしたニケラは、違和感に気づき咄嗟《とっさ》に距離を取った。

「ちっ、バレたか」

「……何故生きているの？　頭と心臓を撃ち抜いたと思ったのだけど……そういえば、服はボロボロだけどさっきの爆発の傷もないみたいね」

「さぁ？　何でだろうな」

平然と立ち上がるソージの姿を目にし、ニケラは自身の鼓動が高鳴るのを感じていた。

（まさか、まさかこんなところであの要人の秘密に繋がるなんて！）

ニケラが生涯で唯一暗殺に失敗した不死身の要人。急所を撃ち抜いても立ち上がり、毒を盛っても倒れず、跡形も残らないほどの爆撃にも平然と耐える。

今回の任務はその要人の秘密を報酬として得られることを条件に受けていた。

（あの要人暗殺は他国で行った仕事だった。だからこそ予期していなかった、まさか今回の任務中にその情報の一端を得ることができるなんてっ！）

悦びに震える気持ちを抑えながら、ニケラは立ち上がる目の前の青年を見つめる。

「急所を撃たれても死なない体。先ほどの熱や冷気もその不思議な力によるものなのでしょうか？」

「さぁな？　話す義理はねぇ」

「ふふふっ、もうすぐ屋上から侵入させた部下がここへ辿り着きます。さすがに私１人ではあなたに太刀打ちできませんが、多数を相手取りながらその扉の奥にいる方々を守り切ることはできますか?」

「……まぁ、俺1人じゃ無理だろうな」

余裕の笑みを浮かべるニケラを見やりながらも、ソージは落ち着いた表情でそう答えた。

「随分と余裕そうですね。まだ何か手があるようですが、私の部下が到着すれば手遅れです。あなたのその力の秘密、嫌でも話したくなるようにさせてあげますよ!」

「残念デスガ、ソレハ不可能デス」

「なっ!?」

ニケラはその声の相手を見ることすらできず、意識を奪われたのだった。

✦
✦
✦

「あんたが紅はんの娘さんか。リサちゃんやったっけ? べっぴんさんやなぁ」

「な、なんであなたがここにいるんですか!?」

リンと共に閉じ込められた部屋。リサはそこにいた先客を目にし、驚愕した。

自身を攫った首謀者と思っていた存在の蛭害が手足を縛られて拘束されていたのである。

「あなたが私達を攫った首謀者じゃないんですか!?」

「ちゃうちゃう。流石にこんな堂々と犯罪は行わんわ」

堂々としなければ犯罪は行うのかと思いつつも、リサは蛭害の話を聞く。

「これは部下の独断行動や。トウジョウ、ニケラ、ジャスパの3人が首謀者みたいやな」

「部下に裏切られたってことですか？」

「恥ずかしい話、そういうことや。まぁ、あいつらは正確には僕の部下ってわけやなかったからな」

今回の事件の首謀者である3人とそれに協力している人員は全て、すすきのの裏社会を牛耳る話を持ち掛けてきた者が派遣してくれた人材だったと蛭害は話した。

そのため、蛭害自身も彼らの本当の目的を知らなかったのである。

「話持ち掛けてくれた人が派遣してくれたさかい、完全に信用しきっとったわ」

「その話を持ち掛けてきた人っていうのは誰なんですか？」

「そりゃ、分からんよ。直接会ったんやけど顔は隠してたし名前も聞いとらん。声も中性的やったから男か女かも分からんわ」

「えっ、そんな誰かも分からない人を信用したんですか？」

「せやで。ええ人やったからな」

「ええ人って……」

トウジョウ、ニケラ、ジャスパの3人も同じ人物から誘いを受け、同様の理由で承諾したらしいと蛭害は話した。

その話を聞いたリサは大きな違和感を覚えながらも、蛭害から有益な情報を引き出すために話を続けた。

「すまんなぁ。僕から情報引き出そうと頑張っとるようやけど、持ってる情報はこんくらいしかあらへんのや」

「別にそんなつもりは……」

「隠さなくてもええで。僕としても君らみたいな子供を巻き込んだのは不本意やからな。せめて情報くらいはあげたいんやけど、ほんま申し訳ないわ」

「子供を巻き込んだのは不本意って……！」

「言いたいことは分かるで。でもそれは常識の相違や」

「……！」

「母の会社の職員にあれだけ酷いことをしておきながら……」と、リサが口を開こうとした瞬間、蛭害がその言葉を阻むようにしてそう話した。

「紅はんには何度も警告したで、すすきのの覇権を譲らな部下が酷い目に遭うってな。それに、実力行使も仕事上覚悟の決まってる護衛の人らだけを初めは狙ってたんや。それでも引かんから働いてる職員も狙った。ただそれだけや。僕としてはだいぶ優しく事を進めてたと思うで」

「ただそれだけって、そんなの犯罪でしょ！」

「せやで。でも世の中の全てが法律で守られてるわけやない。必要なら違法捜査を行う警官だっておるし、脅されて判決変える裁判官だっておる。権力で事件揉み消す政治家もおる。自分の正義貫いたり、誰か守るためやったり、私利私欲やったり。理由は様々やけど誰もがルール守って生きてるわけやないんや。ルールを守ったあげくに自分や大切なもん守れないなんて本末転倒やしな」

「そんなの、犯罪を肯定するための言い訳じゃない」

「ルールを守る生き方は正しいで、それはとても綺麗な生き方や。でもな、それだけじゃ生きられない世界もあるし、そんな世界の生き方しか知らない僕みたいな人間もおるんや」

「狂ってるわ」

「自覚はあるで。だからこそキミらみたいな子供は巻き込みたくなかったんや。綺麗な生き方しか知らないキミらと僕らじゃ、同じ土俵では争えへんからな」

「同じ土俵って……あなたとお母さんは違う！」

同じ土俵で争うという言葉は、蛭害と争っていた紅も同じ狂った世界にいるという意味であることを察したリサは声を荒《あら》らげた。

その様子を見ながらも、蛭害は表情を変えずに言葉を続ける。

「キミも薄々気づいてはるやろ。自分の母親がどんな生き方してたかくらい」

「それは……」

本人が意図せずとも、その道で活動していけば知らぬ間に人脈は形成されていく。そして、その人の世界もまた知らぬ間に変わっていく。

芸能活動を通して同年代の誰よりもそのことを理解していたリサは、すすきのでもトップクラスの経営者として働く母が綺麗な世界だけに留まらない人脈を形成している事実を理解していた。

だからこそ、否定はしながらも蛭害の言う狂った世界に母も足を踏み入れていることは薄々気づいていたのである。

「ま、ここまで話しといてアレやけど、紅はんは完全にこっち側ってわけやなかったな。なりふり構わず人員集めて攻勢に出られてたら、ここら辺の人脈薄い僕なんか何もできずに終わってたわ。娘の前だからかは知らんけど、僕と争ってる間は真っ当なやり方しとったで。甘すぎやけどな」

だからこそ、突然現れた資金力だけある経営者なんかに足を掬《すく》われることになったのだと、蛭害は自虐を交えながら語った。

「お母さんは……お母さん達は強いです。真っ当なやり方で必ず勝ちます。相手がたとえどんなに狂った世界にいても」

「そうか、お母さんのこと信じてるんやな。ええ心構えやと思うで」

これでこの話は終わりだと言いたげな蛭害の表情を目にし、リサはまだ言い足りない気持ちを静かに収めた。

これ以上、お互いの常識をぶつけ合っても平行線を辿ることは目に見えていたためだ。

「そや、あと1時間もすれば僕の体内にあるGPS辿って信頼できる部下が駆けつけてくれるはずやで、大勢の警官引き連れてな」

「結局は警察に頼るんですね」

「せやで、さっき散々言っときながら最後は法の力や。法を無視したあげくに自分が危なくなったら法に頼る。これが狂った世界の人間の強みなのかもなぁ」

「そうですか」

次はリサがこれ以上話すことはないとでも言いたげな表情を蛭害へ向けた。

蛭害はその表情に肩をすくめながらも話を続ける。

「ちょっとした冗談や。とりあえず、部下が駆けつけたらキミらは優先的に逃げれるよう手配する。だからその時が来たら安心してくれてええで」

「最後は良い人ぶるんですか」

「そう思っててもろてかまわん。子供を巻き込まないっちゅうのは僕の勝手な信念や。この世界で生きると決意した時に定めた僕だけのルールや。せやから、僕も勝手に行動させてもらいますわ」

（ま、僕の部下と警察が駆けつけたところでトウジョウには敵わんやろうけどな。混乱に乗じてこの子ら逃がすくらいはできるやろ）

蛭害はそう思いながらも口に出すことはしなかった。

蛭害ですら想像もつかないほど狂った世界に身を落とし、人の域を超えた戦闘力、暗殺術、掌握術を得ているトウジョウ、ニケラ、ジャスパの3人。彼らを止められる存在など、この平和な日本にいるわけがないと考えていたためだ。

（狂った輩相手にするには、それ以上に狂った力を持ってへんと敵わんのや。そんな奴おるわけ……ん？）

リサと共に連れてこられた白髪の少女が不意に立ち上がり、独り言を呟きながらすたすたと施錠された扉へ近づいていく。

「でも取られちゃった刀は返してもらいたいから、おじさんには見られちゃうかも……」

（この子は何を1人で話しとるんや？　というか……おかしないか？）

その姿を目にした蛭害は大きな違和感に気がついた。

「嬢ちゃん……どうやって縄解いたん？」

「……ほんとだ。リンちゃんも手足結ばれてなかった？」

「んー……ひみつー。2人のひももほどけてるよ」

「何を言って……ほんまや、解けてる」

「あ、私のも解けてる。え、どうして？」

蛭害は何かに斬られたと思われる縄の鋭利な断面に気がつくが、あえて口にはせず白髪の少女の動向を観察した。

「とびらもあいてるー」

そう言いながら、先ほどまで厳重に鍵がかけられていた鉄の扉を軽々と開けて出ていこうとする少女。

（……あれ？　僕、とんでもなく狂った世界に踏み込んでもうてる？）

蛭害は白髪の少女を驚愕の眼差しで見つめながら、静かにそう思うのだった。

✦
✦
✦

「おい、一部の監視カメラの映像が止まっているぞ」

「すみません。急遽設置したため不具合が生じているのかと」

「不具合だと？」

「はい、一時的な誤作動なのでしばらくすれば……がはっ！」

トウジョウは部下の言葉を聞き終わる前に、腹部を蹴り込み気絶させた。

「無能はいらん。おいお前、どこの分隊の所属だ？」

「チームアルファです」

「そうか、分隊の残りの4人を連れて捕らえた花園リサと蛭害のいる部屋を見てこい。僅かでも異変があればすぐに知らせろ」

「り、了解しました！」

指名された部下はトウジョウの命令を聞き、即座に監視室を出て行動に移った。

トウジョウはその姿を見ることもなく、映像の映らないカメラの位置とアジトの構造図を脳内で照らし合わせる。

（一見すればランダムでカメラが停止しているように見えるが、ブラフだな。監禁部屋から出口までのルートにあるカメラもしっかりと停止している。カメラは全て有線のオフライン。この監視室以外からのハッキングは不可能、電磁波や震動波による外部からの妨害工作の可能性が高いな……先手を取られたか）

脅威的な観察力と死地で培ってきた直感から、トウジョウは既に敵の攻撃が始まっていることを確信した。

「地上からの潜入であれば確実に罠が作動するはず……カメラを止めたということは、それを掻い潜ったということか」

護衛部隊からの誘拐はトウジョウにとって退屈な任務であった。銃器を装備しておらず装甲車にも乗っていない相手など、制圧するのは造作もないことだったのである。

「ふははは！　これでも警戒は怠っていなかったつもりなんだがな、なかなか面白そうな相手だ」

　そのため、気づかぬ間に先制攻撃を仕掛けられる相手の存在に胸が高鳴るのを感じていた。

「各員に告ぐ、すでに敵の攻撃は始まっている。異変があればすぐに知らせろ」

「こちらチームブラボー、屋外の西側を巡回中。上空を大量のカラスが飛び交っています」

「こちらチームチャーリー、屋外の東側を巡回中。こちらからも上空にカラスの群れを確認」

「カラスか……ここら一帯の動物の習性も把握しておくべきだったか」

　アジトへ車を走らせている最中も異様な数のカラスが飛び回っていたことを思い出し、奇妙な違和感を覚えながらも、トウジョウは部下の報告を聞いていく。

「ん？　チームアルファ、応答しろ」

　部下からの報告を聞き終えたトウジョウは、先ほど監禁部屋へと向かわせたチームアルファからの報告がないことに疑問を感じて通信を行った。だが、一向に返事はない。

「全滅か」

　チームアルファの全滅。トウジョウは戦場で培ってきた数多の経験から、確信を持ってそう呟いた。

　報告がなかったということは、それを行う間もなく一瞬のうちにやられたことを示唆している。

「俺自身が声をかけて集めた精鋭だったのだが、それを一瞬とは……面白い！」

　返事のない無線機を横目に、トウジョウは怪しげな笑みを浮かべながら監禁部屋へと向かう。

　しかし、そんな彼を呼び止める存在がいた。

「あ、見つけたー」

「……！」

監禁部屋へ向かう通路の途中。片手にキーホルダーのついた鍵を握りながら歩いていた白髪の少女、リンがトウジョウを見つけてそう呟いたのである。

「……そうか、やはり、車内で感じた違和感は間違いではなかったか！」

リンの姿を目にしたトウジョウは目の前の少女が強者であると確信し、即座にアサルトライフルを発砲した。

「じゅうだー」

リンが持つキーホルダー付きの鍵は一瞬にして日本刀へと変化し、迫り来る弾丸の全てを斬り裂く。

「うっそだろ!? 五エ門かよ！」

カギが日本刀に変化した事実よりも、音速を超える速度で発射された弾を難なく斬り落とす少女の技量にトウジョウは驚愕し、目を見開く。

目にも留まらぬ速度で振るわれる刀。火花を散らしながら斬り裂かれていく弾丸。その光景に魅了されながらも、トウジョウは満面の笑みでアサルトライフルの引き金を引き続けた。

「おおー、楽しかったー！」

急所を確実に撃ち抜くよう放たれた弾丸は全て斬り裂かれ、目標へ届くことはなく床に転がっている。

そんな光景を目にし、弾を撃ち終えたアサルトライフルを握り締めながらトウジョウは感動

に打ち震えていた。

「ふははっ、がはははは！　そうか、楽しいか！　俺も今最高に楽しいぜ!!」

かつてパキスタンの戦場で目撃した重力を操る少年。その存在を見た瞬間、トウジョウは自身の信じていた世界が崩壊するほどの衝撃を受けた。

誰よりも狂った世界を生き続け、世界の全てを知った気でいたトウジョウの常識はその瞬間に崩れ去ったのだ。

「まさか、こんなつまらねぇ仕事で出会えるとは思わなかった。やはり、あの時の出来事は夢じゃなかった!!」

この世界にはまだ知らない領域がある。常識を超えた力、超常と呼ばれる力の真実を知るために、トウジョウはあらゆる手段と10年の時を費やした。

そしてようやくその手掛かりを知るという人物を見つけ、その力の真実を報酬とする代わりに今回の依頼を受けたのである。

だが、まさか任務中にその真実の一端に出会えるとは思わず、トウジョウは自身の感情のコントロールを完全に失っていた。

「最高だ。10年前のあの時と同じ気持ちだ」

空になったマガジンを交換しながら、トウジョウは満面の笑みで語りかける。

「嬢ちゃん、名前は何て言うんだ？」

「えっと、リンだよ！」

「そうか、俺はトウジョウだ。よろしくな！」

そう語りかけながら、マガジンを交換し終えたアサルトライフルを構えるトウジョウ。

「うん、よろしくー！」

その姿を目にし、日本刀を構えるリン。

硝煙のにおいが漂う中、2人の激闘が始まろうとしていた。

✦
✦
✦

牢屋から脱出したリサと蛭害は、堂々と歩くリンの案内に従って建物の出口付近まで来ていた。

「あかんて、危険や。戻ったらトウジョウに見つかってまうかもしれへん」

「早くリンちゃんを探さないと！」

しかし、「忘れ物したからとってくるー」とリンが突然言い放った直後、目にも留まらぬ速度で来た通路を戻っていき、2人は出口付近の通路に取り残されていたのである。

「私の危険なんてどうでもいいです！　リンちゃんを早く連れ戻さないとっ」

焦るリサを他所に、蛭害は真剣な表情で現状の理解に努めていた。

（あのリンっちゅう子は只者やない。だからこそ心配いらへんはずや。僕らがここへ置いていかれたっちゅうことは、そばにいるとあの子の足手纏いになるっちゅうことやろうしな）

敵だらけのアジトの中で誰にも遭遇せず、出口付近まで迷わず進み、目にも留まらぬ速度で走り去っていった白髪の少女。牢屋で見せた異様な現象も相まってリンが只者ではないと確信していた蛭害は、あえてこの場に置いていかれた意味を考える。

（にしても、僕らの縄切らずに牢屋に置いてくほうが楽やったろうに、あえてここまで誘導してくれたってことは、ここが一番安全っちゅうことか？　判断材料は少ないけど、ここから動かんほうがええやろうなぁ）

その結論に至った蛭害は目の前で冷静さを失っているリサを宥《なだ》め、この場から動かないことが得策だと判断した。

「あー……大丈夫や、心配いらへん。今ここへ到着した部下から連絡があったわ。あの子は無事やで、先に安全なとこ連れてってもろたわ」

「連絡？　通信機か何か持っていたんですか？」

「そうや、この時計が小型の通信機になっとる。それと、僕らはここから動かんほうがええ。もうすぐ僕の部下がここに迎えにきてくれるはずや」

蛭害は腕につけている高級時計を見せながらそう話したが、全て嘘である。

リサをこの場に留めるため、即座にそれらしい話をでっち上げたのだ。

「……わかりました。その言葉を信じたわけではありませんが、しばらくはここにいます」

「ん？　随分と素直やな。てっきり僕の言葉なんか無視してあの子探しにいくと思たわ」

「私にだってリンちゃんが只者ではないことくらい理解できます。さっきは少し取り乱しましたが、自分ができることとできないことの分別くらいはつきます。私が探しにいくことがリンちゃんの迷惑になることも、この場では私が無力だということも……」

「……流石の洞察力やな、紅はんの娘さんなだけはあるわ」

リサも限られた情報と違和感から自分と同じ結論に達していると理解し、この若さでその答えを導ける洞察力に蛭害は驚愕した。

同時に、すぐ部下が迎えにきてくれるという言葉が嘘だということもリサは察していると確信し、蛭害は静かに状況の変化を待つことにしたのだった。

(結局は、僕も狂った世界じゃ無力なんやなぁ……にしても、なんか外、異様に静かやな?)

蛭害がその違和感を感じた直後、大きな破壊音と共に出口から少し離れた位置のコンクリート壁が砕け散り、何かに吹き飛ばされて意識を奪われたトウジョウの部下達が転がりながら侵入してきた。

「な、なんや!?」

「え、何が起こってるの!?」

驚く蛭害とリサを他所に、続けざまに反対側の通路のコンクリート壁が破壊され、何かに吹き飛ばされたであろう装甲車が侵入してくる。それと同時に大量のカラスもアジト内部へと侵入してきたのだった。

「いや……僕、無力すぎるやろ……」

煙を上げる装甲車と意識を失いながらカラスに突つかれているトウジョウの部下に挟まれながら、蛭害は静かにそう呟くのだった。

✦

✦

✦

「あー、日本語わかるっすか？」

「カー」

ディエスの問い掛けにシロは首を縦に振りながら答える。

「えっと、結城幸助に君らと協力するよう言われてるんすけど、その話って聞いてるっすか？」

「カカーカ」

部下のカラスから状況は聞いている。と伝えるようシロは鳴き、首を縦に振った。

「カカー、カカーカ、カーカ」

「……へ？　何て言ってるんすか？」

衝撃波によってアジト内のカメラを数台停止させ、牢屋の中にいるリンへ霊力糸を通して指示を出し、すでに人質は出口付近で待機させている。とシロは伝えようとしたが、洞察力に長けたディエスでもシロの言葉は分からなかった。

家族としての繋がりがあり、超人でもある幸助は、シロがどんなに複雑な文章を発したとしても完璧に読み取れるまでに至っているが、出会って間もないディエスへ言葉を伝えることは流石に無理だったのである。

「何て言ってるかは分からないんで、こっちからの質問に首を振って答えてもらってもいいっすか？」

「カー」

了解した。と伝えるように、シロは首を縦に振った。

そしてディエスの質問に答えていく中で、すでに人質は出口付近へ誘導していること。敵のボスと思わしき人物とリンの戦闘が始まる寸前であることを伝えた。

「ということは、自分達は他の連中制圧しながらリサさんを救出すればいいんすね？」

「カー」

そうだ。と伝えるように、シロは首を縦に振る。

「それじゃあ、左側の装甲車とその周辺の連中は自分が潰すっす。右側から増援来そうっすけど、そっちはまとめてお願いしてもいいっすか？」

「カーカ」

まかせろ。と伝えるようにシロは鳴くと、周辺のカラスが一斉に鳴き始めた。

「うわっ、何すか!?」

驚くディエスを他所に、カラスの鳴き声は徐々に大きくなり……瞬間、静寂が訪れた。

「……!?」

カラスの声だけでなく、木のざわめきや人の足音、あらゆる音が消えた世界。ディエスは突然の静寂に驚き、声を出そうとするが、その音が発せられることはなかった。

「カー……」

静寂の中、シロの鳴き声だけが静かに響く。

そして、真剣な表情で集中するシロの頭上の空間が歪んでいき、球体の形へと変化していった。

「……」

すげぇ……。と呟いたディエスの言葉は、静寂に掻き消され誰にも届かない。

「カー……」

シロは少し前から強い劣等感に苛まれていた。

人の域を超えた身体能力を持ち、一目見ただけで対象の技能、能力、特殊な武具の生成方法すらも習得できる主人。

世界を騙す幻術によってあらゆる能力や現象を再現し、能力を使用せずとも高い戦闘力を誇る伝説の妖。

情報戦に長け、分析能力も高く、ゴーレムや人形の操作は誰にも負けず、数々の優秀なサポート能力を備えたスマートフォン。

大気中の魔力を支配し、単体でも強力な魔術が行使でき、側にいることで主人の魔術も強化することができる精霊。

そして、同じく式神として生まれながら、純粋な正面戦闘では最強クラスの戦闘力を持つ妹。

そんな周囲の存在から、シロは自身の在り方を模索し続けていたのである。

魔術をウルから習ってはいるが、未だに何の成果も得られてはいない。索敵や情報収集に関してはニアに遥かに劣る。幸助、クロ、リンに匹敵する戦闘力は一朝一夕の努力で得られる範疇を超えている。

「カカー……」

そうして悩んだ末に到達したのが、振動を操る自身の特性の追求であった。認識した波であれば音波すらも支配できるその能力を使い、足りない火力は周囲から集め、精密な操作によって威力を調整する。

その果てに生まれたのがこの技、「凪《なぎ》」であった。

「カー!!」

空間が歪むほど集められたエネルギーの一部を、シロは敵へ向けて放つ。

「音が戻っ……うああっ！」

「見えない何かが、ぐおっ!!」

「い、一体どこからっぐわあああ!!」

放たれたエネルギーは衝撃波へと変換され、武装した集団を次々に撃ち抜いていく。軽装備の兵士は顎や鳩尾《みぞおち》を的確に撃ち抜かれ、重装備の兵士は背後の壁ごと吹き飛ばされて意識を失っていった。

「カッカ」

頭上で空間を歪ませているエネルギーの塊を見ながらシロは静かに考えた。

今の攻撃で消費したエネルギーは集めたうちの数パーセント程度。これをまとめて放てば一撃必殺の破壊力となり、精密な操作を行えば大人数を制圧する不殺の技ともなる。

この技の将来性を感じたシロは、静かに笑みを浮かべた。

「これは、負けてられないっすね」

そんなシロの姿を見やりながらディエスは自身の脚力を強化し、瞬きほどの時間で装甲車までの距離を詰め、デコピンを構えた。

「なっ!?　いつの間に!!」

「逃げられると面倒なんで、この車片付けさせてもらうっすね」

そう呟きながら放ったデコピンは、装甲車の側面を大きく陥没させながらその車体を背後の壁ごと吹き飛ばす。

装備と搭乗者含めて重量は5トン近くある装甲車であったが、異能をフルに発動したディエスにとっては空のペットボトルを倒す程度の労力しか感じない相手であったのだ。

「ディエス！」

「……!?　リサさん！」

崩壊した壁から建物内へ侵入したディエスの元へ、すぐ近くにいたリサが駆け寄ってきた。

「助けに来たっすよ。遅くなって申し訳ないです」

「ううん、いいの。ありがとうディエス」

安堵の表情でディエスに抱きつくリサ。

「感動の再会、ええ光景やなぁ」

抱き合う2人の姿を見ながら、大量のカラスに包囲された蛭害は静かにそう呟く。

「カカー……」

そして、シロはそんな光景を目にしながら、頭上で解放の時を待つ凶悪なエネルギーの塊をどう処理しようかと内心焦っていたのだった。

◆　◆　◆

「ふははは！　最高だ！」

重力を操る少年を目撃して以降、トウジョウはあらゆる場面において超常の力を想定しながら行動するようになっていた。

その一環として、対応できる範囲のあらゆる脅威に対抗するため、アジト内には銃器以外の罠が各所に設置されていたのである。しかし——

「うるさーい、ちょっとビリビリするー」

「がははは！　音波も電撃も効かないとは！　いや、身体へ影響が及ぶ前に音波は斬り裂き、電撃は刀身で受け流しているのか。素晴らしいな！」

——リンの常軌を逸した身体能力と音波すらも斬り裂く斬撃によって、トウジョウが仕掛けた罠は次々と攻略されていた。

「催涙ガスも毒ガスも、謎の衝撃波によって効果なしか。どうやら、能力は斬撃だけではないようだな！」

「うん、そうだよー！」

リンに殺意はないどころか、できる限り怪我もさせないよう慎重に立ち回っている事実に気づいたトウジョウは、数多くの罠と自らの命を人質とするような立ち回りでアジト内を逃げ続けていた。

1人の戦士として恥も外聞も捨てた行為ではあったが、自身が追い求めていた超常の力を前にしたトウジョウにとってはどうでもいいことだった。

（このままでは不味いな……いくら手加減されているとはいえ、こちらの手数はもうほとんど

ない。まだこの状況を楽しみたくはあるが、ここら辺が潮時か）

残りの罠と弾薬数を考え、トウジョウは撤退を決意した。

普段の彼からすれば遅すぎる判断ではあるが、僅かに残っていた理性がそれを決断させたのである。

（格納庫へ逃げ込んだ直後、煙幕と同時にこの区画を倒壊させれば、少しくらいは時間が稼げるだろう。その隙に格納庫内の逃走車両で脱出するとしよう）

そう考えながらトウジョウは格納庫へ突入すると、自身の目を疑うような光景がそこにはあった。

「車両が、銃器まで！　丸められている……のか？」

格納庫内の逃走用車両だけでなく、各種銃器がその収納ケースごと、まるで紙屑のように丸められて散乱していたのである。

「これは、一体何が……!!?」

バキバキと金属が放つ悲鳴のような音の方を向いたトウジョウは、またしても自身の目を疑った。

容易には破壊できず、通常車両とは比較にならないほどの重量がある装甲車が宙に浮き、見えない力によって紙屑のように丸められていたのである。そして、羽ばたきもせず宙を漂いながら、その現象を起こしているであろう白いカラスの視線が驚愕の表情で立ち尽くすトウジョウを捉えた。

「……ふっ、流石に仲間の可能性までは考慮していなかった」

「やっと追いついたー！」

為す術のない絶望感と人外の能力者の存在を知ることができた喜びを感じながら、追いついてきたリンの手刀に身を委ね、トウジョウは意識を失ったのだった。

✦ ✦ ✦

『無事解決、で良いのかな？』

『良いのではないか？　ま、儂らは何もしてないがな……』

『いや、クロは活躍したよ。俺は本当に何もしてないけど……』

紅さんの元に部下の方々から敵部隊の壊滅とリサ先輩の救出が終わったとの報告が入り、事態は無事に終息した。

そして俺達にもニアとシロから連絡が入り、みんなの大活躍ぶりを聞いて少し項垂《うなだ》れていた。

単独で乗り込んできたジャスパというマジシャンを警戒しすぎて、結果的には最大戦力である俺とクロはまんまと陽動されたのである。見事に踊らされた……。

『……でもそう考えると、こいつって相当優秀なのかもな』

『たしかに、陽動という面では最高の結果を出したわけだからな』

ロープでぐるぐる巻きにされて床に転がされているジャスパを見ながら、クロと霊力糸を通してそう言葉を交わした。

今回の事件の実行犯は全員警察に突き出す予定なのだが、主犯格であるトウジョウ、ニケラの2人は驚くほど経歴が綺麗なため、実際の罪よりも軽く裁かれる可能性があるらしい。また、元凶である蛭害は経歴が綺麗な上に財力や人脈の力でそもそも罪にすら問われない可能性があるようで、全員明らかに経歴を詐称しているが軽い罪で終わる可能性もあるそうだ。

それでも、紅さんが必ず相応の報いを受けさせると言っていたので罪を償うことになりそうなのだが、このジャスパだけは別だった。

『トウジョウやニケラは銃器や爆弾で武装していた証拠映像とかあるけど、こいつはトランプしにきただけだから表向きには何も悪いことしてないんだよな』

『服や口内に怪しい道具や薬を隠していたが、厳密には違法ではない物ばかりのようだ。ここまでの流れを想定しての行動だったとすれば、相当な策士のようだな』

結局、紅さんはジャスパに適切な罰を与えられないと判断して、イカサマポーカーの後から異常な崇拝対象となっている俺が処遇を決めることとなったのだ。

紅さん曰く、俺の弟子になるためなら命懸けの命令も喜んで実行する目をしているから、適当に罰を与えてほしいとのことだった。

信頼されている証拠なのかもしれないけど、いち高校生にそんな大役を押し付けないでほしい……。

「とりあえず、お前に聞きたいことがある」

「何なりとお申し付けください師匠！」

まず師匠になった覚えはカケラもないのだが、気にせず話を続ける。

「今までどんな悪いことをしてきたんだ？　もしかして、人殺しとかしてる？」

「直接戦闘は苦手なので、殺人などはしておりません。直接的には」

「直接的には？」

「はい、具体的にお話ししますと……」

処遇の判断のために今までの悪事を吐いてもらったのだが、想像を遥かに超えていた。

一部だけ抜粋すると、とある国からの依頼で敵国の資金源となっている組織を壊滅させたり、その過程で邪魔をしてきた政治家の資金を全て奪い去ったり、追手を罠に嵌《は》めて人身売買組織に売ったりしたそうだ。直接手を下したことはないが、間接的な被害で何人が不幸になったかは見当もつかないらしい。

まるで犯罪を題材にしたダーク系漫画やアニメの世界のお話だ。

『クロは今の話って本当だと思う？』

『〝擬似・感知〟で観察していたが、全て真実のようだな。ついでに言えば、お主を異常なまでに崇拝していて、弟子にすることを条件にすれば何でもするという紅の話も真実のようだ』

『ただバイト頑張ってただけなのに、何でこんなヤバい人に好かれるんだよ……』

クロ曰く、ジャスパの語った闇の経歴は全て真実らしい。想像以上に危ない奴だった。

だが、それらの被害に遭った相手のほとんどが悪事を働くような人間であるため、見方によっては完全な悪とも言い切れない。

罪を洗いざらい吐いて自首してこい！　とか命令すれば本当に自首しそうだが、ジャスパ曰く今までの悪事の証拠は徹底的に消しているため罪の証明が難しいようだ。

こいつの処遇を決めるって、想像以上に面倒だな……。

「……よし！　決めた！」

「師匠、何をお決めになられたのですか？　ご協力できることがあれば何なりとお申し付けください！」

「まず、師匠呼びは禁止。弟子にするって決めたわけじゃないから」

「なっ……!?」

「それと、今まで迷惑をかけてきた人達を探し出して相応の償いをすること。人の命を平然と奪うような凶悪な犯罪者には償わなくていいけど、それ以外の人には全員にしっかりと償うんだ」

「そ、それを行えば、先ほどの本物の魔術《リアルマジック》を教えていただけるのでしょうか？」

「……考えよう」

「なるほど、まずは師しょ……結城殿の信頼を勝ち取る必要がありそうですね。すぐに実行して参ります！」

「あとは、当たり前だけど今後犯罪行為も禁止」

「ぐっ、それは滞在国の法律に準じればよろしいでしょうか？」

「法律か……」

判断が難しいな。償いにいく国の法律を守らせれば大きなことはできないと思うけど、こいつなら法の穴を縫って何でもできそうだ。

「基本的にはその国の法律に従ってもらえればいいけど、違法にならなくても道徳的にダメそうな行為は禁止だ。償いが終わったら内容を説明してもらうから、その時に俺が納得できるような行動を心掛けてくれ」

「なるほど……わかりました。その任務、完璧にやり遂げてみせます！」

まずは各国の法律と日本の道徳観念を学ぶ必要がありますね……と呟いていたため、やる気は充分のようだ。

『早く解放しよう。目が怖い』

『うむ。危険はないだろうが、謎の狂気を感じるな。早く距離を置いたほうがいいだろう』

ジャスパの処遇をすぐさま紅さんへ報告し、解放することとなった。

納得していない部下の方々もいたが、紅さんはジャスパの狂気じみた執着心を理解しているため、不満を持つ部下の方々の説得もしてくれた。ありがたい。

「というわけで、償いが終わるまで戻ってくるな」

「畏《かし》まりました！　あの、師しょ……結城殿。不躾なお願いだということは分かっているのですが、旅立つ前にもう一度、本物の魔術《リアルマジック》を見せて頂くことはできますでしょうか？」

「本物の魔術《リアルマジック》か」

正確には魔術ではなくクロの能力なのだが、説明も面倒なので訂正はしていない。

周囲には紅さんも部下の人達もいないし、ジャスパのモチベーションを維持させるためにも少しくらいは見せておいたほうがいいか。

「はい、こんな感じでいいか？」

「うおおおおおお!!　こ、このようなこともできるのですね！」

トランプサイズの結界を作り出し、表面にスペードのキングの模様を浮き上がらせた。

ふっふっふ、日々のトレーニングによって結界は様々な形に変形できるのだ。ウルが近くにいると強制的に分厚く強靱な結界になってしまうが、1人の時はこのような繊細な模様の結界も作り出せるのである。

「必ずや結城殿の弟子になって、本物の魔術《リアルマジック》を習得してみせます！　すぐに償いを終えて、必ずや連絡させていただきますので！」

「あ、いや、償いはゆっくりでいいよ」

「それでは、行ってまいります！」

ジャスパはそう意気込み、去っていった。

「あ、連絡先も家の住所も教えてないけど、償いを終えたらどうやって連絡を取るつもりなんだろ？」

『まぁ、いいのではないか？　あの様子なら償いはしっかりと行うだろう。それに、これっきりの関係だったなら、それはそれで構わないと思うぞ』

「たしかに、それもそうだな」

クロとそんな雑談を繰り広げていると、ディエスやソージ達が事後処理を終えて戻ってきた。

リサ先輩も無事なようだ。

「結城くん、お母さんとディエスから活躍は聞いたわ。ディエス達に的確な助言をしてくれたり、今回の事件の主犯格の1人を倒してくれたんだよね。本当にありがとう」

「私からも改めてお礼を言わせてもらうわ。娘の救出に協力してくれて本当にありがとうね」

「いえ、大したことはしてないので、頭を上げてください」

リサ先輩と紅さんに頭を下げられると罪悪感がより一層強まる。謙遜とかではなく、本当に俺は何もやってないのだ。

「さすが結城さんっす!」みたいなキラキラした目でソージも見てくるが、眩《まぶ》しくて目を合わせられない。本当に何もしてないんです! ごめんなさい!

「今回の借りは必ず返すんで、何かあったら遠慮なく言ってほしいっす」

周りには聞こえない声で、ディエスにもそうお礼を言われた。

ディエスから異能の使い方と武術を習っている時も思ったが、こいつはマジで化け物だ。神様からの強化で素の筋力は俺の方が強く、神様のミラクルパワーの影響で『強化』の出力も俺の方が上なのだが、訓練中は一度も勝てなかったのである。雫さんを助けた時は相当油断していたということが、嫌というほど分かった。

そんなディエスへの貸しか、大切に使おう。俺は何もしてないけど。

あと、ディエスに渡した身代わり札はちゃんと回収した。この化け物には必要ないだろう。

「結城さん、『身代わり札』本当にありがとうございました。マジでこれがなかったら死んでました」

「それ、残りは返さなくていいよ。追加で渡しておくから、雫さんとアカリさんにも持たせておいて」

ソージが身代わり札の余りを返してこようとしたので、それはあげることにした。さらに、追加で俺の持っていた10枚を渡しておいた。

「えっ!? いやいやいやいや、陰陽術ってよく知らないっすけど、これって絶対ヤバい物ですよね」

「大丈夫。うちに沢山あるから、それくらいなら全然問題ないよ」

ソージが改めて感謝してくるが、こちらこそ申し訳ない。異能組織から狙われているのなら、むしろもっと早く渡してあげればよかった。

でも、身代わり札ってこんな気軽に渡してよいものなのだろうか？　なんか心配になってきた。あとで委員長のお父さんに聞いてみるかな。

「リン、がんばった！」

「カカーカ！」

ソージと話しているとリンとシロが駆け寄ってきた。

2人の活躍はディエスから聞いている。

アジトの原型はかろうじて保っていたが、内部の通路は倒壊寸前なレベルまで斬り裂かれており、敵が保管していた武装や車両は元の形が分からないほどグシャグシャに丸められていたらしい。

お陰で、現場に駆けつけた応援部隊の人達は大混乱だったそうだが、全部ディエスがやりましたということで無理やり話を収めたそうだ。

これは、褒めてよいことなのか……？

「リン、がんばった！　たてもの、くずれなかった！」

「カカーカ！　カーカ！」

「……リンもシロも、よく頑張ったな」

そう言いながら2人の頭を撫でてあげる。

だって、2人の褒めてほしそうなキラキラした目を見たら、そりゃ無理だよね。というか俺何もやってないから何も言えないもん。

今日は目一杯褒めてあげよう。

『ご主人様ー！　なんかニアっちが急に変になった！』

『変になった？』

リンとシロの頭を撫で回していると、ウルが不穏なことを言いながらニアを抱えて飛んできた。

ニアが震えてる。いや、焦っているのか。なんだ？　どうしたんだ？

『マママ、マスター……チョット、イイデスカ？』

『いいけど、ニアがそんなに焦るなんて珍しいな。いったいどうしたんだ？』

『マスターノオ母様カラメールガ来テオリマシテ、不穏ナタイトルナノデ、動揺シテシマイマシタ……』

『母さんからのメール？　わかった、とりあえず見せてくれ』

スマホ形態のニアを操作してメールを開いて見てみると――

差出人：母さん
件名：お父さんと離婚するかもしれません。

本文：

慣れない土地での高校生活大変なのに、急にこんな連絡してごめんね。

でも、とても大切な話だから報告させていただきました。

件名にもある通り、お父さんと離婚するかもしれません。

お父さんに隠し子がいることが分かって、今は話し合いの最中です。

こうくんにも関わる話だから、できれば家族みんなで顔を合わせて話し合いたいと思っています。

近いうちに帰ってこれますか？

難しいようなら休みを合わせて私達が札幌の家に行きます。


――――えっ？　離婚？

✦
✦
✦

「それで、札幌の状況はどうでしたか？」

「充分な情報も得られなかったし、作戦は失敗したよ。というか、神の異能使われて現実を書き換えられてたらその僅かな情報もあてにならないけどね～」

異能組織ディヴァインの本部では、ランクAの異能者であるチエと、幼い見た目ながらもしっかりとした口調で話す金髪の少年『クエイト』が情報の共有を行っていた。

「解析班の見解では、神の異能には強力な制約か制限があるとのことでした。今回の一件では発動の痕跡も確認できなかったので、現実が書き換えられている可能性は低いそうです」

「そんなのただの憶測でしょ？　『神の異能を際限なく使用できる』とか『神の異能の発動した痕跡をなかったことにする』って感じに現実書き換えられてたら全く意味ないじゃん」

「解析班は、際限なく現実改変を行えるのであれば、そもそもこの組織ごとなかったことにするはずだ。という考えのようですね」

「んー、その意見も一理あるけど、ディヴァインに目を付けられることを何とも思ってなかったり、この状況を楽しまれてたら意味ないよね。神の異能の使い手にただ弄《もてあそ》ばれてるだけの可能性は大いにあるよ」

「もしそうであっても組織は目的を達成するまで諦めないと思います」

「うわぁ……確かにそうだね。はぁ、世界を裏から支配する巨大組織かと思ったらただの巨大な泥舟かもしれないなんて、笑えない冗談だよ」

クエイトはそう呟きながらため息をつく。

異能組織ディヴァインは『結合』『付与』『寒熱』の回収を諦めておらず、新たな作戦の第一段階として密かに札幌の裏社会を支配し、札幌市内で自由に動かせる戦力と情報網を得る計画だった。

しかし、最重要警戒対象である結城幸助が関わってきたことにより事態は急変。

表向きには健全な高校生として生活している結城幸助が裏社会へ関わる可能性は低いと考えていた組織は、予想外の事態に方針を急遽変更。強行策を行うことで結城幸助とその周辺人物に関する情報の収集に専念したのだった。

その結果が、今回の一件の真相だったのである。

「早々に対応されたお陰で相手側の被害はほぼゼロ。得られた情報もほぼゼロ。こっちはそれなりの労力とそれなりに優秀な手駒を3つも失っちゃったわけか……これが全て相手の計画通りなら、とんでもない策士だよ。ほんとお見事だよ」

「ですが、今回の一件で情報操作に特化した仲間の存在は確定と考えてよいでしょう。これは充分な成果です」

「それって成果と呼べるのかなぁ。あれだけの労力使って得た情報がこの程度って……ほんと割に合わない相手だね。この3人結構気に入ってたのになぁ……」

クエイトはトウジョウ、ニケラ、ジャスパの情報が載った資料を見ながら、肩をすくめてそう呟いた。

「失った労力は大きいですが、ディエスが結城幸助に協力している事実を知れたことも今回の作戦の成果の一つだと思います」

「確かにそうだね。ディエスが敵側に付いていたのには本当に驚いたよ。僕と同じ種類の異能者が背後にいるのかなぁ？」

「神の異能の仕業なら別ですが、ディエスの実力ならそう簡単に操られる可能性は低いと思います。彼の性格上、札幌に置いていかれた時点でディヴァインとの契約が打ち切られたと判断し、新たな雇い主を見つけた可能性も充分に考えられます」

「組織に見捨てられたかと思ったら、この巨大な泥舟から脱出できたわけか。運が良いのか悪いのか分からないね」

「ディヴァインが泥舟かどうかは、今後の我々の活動と結城幸助の出方によると思いますよ」

「そうだね。組織にはおいしい思いも沢山させてもらってるし、現時点でこの世界を支配している存在なのも事実だ。悲観するより前向きに任務に取り組むとしようかな」

クエイトはそう答えながら、『No.４』と書かれたＩＤタグを首から下げて気怠《けだる》げに歩き出した。

「まだそのＩＤタグを下げているのですか？　既にNo.３のＩＤタグは発行されていたはずですが……」

「いやいや、No.３の席とか絶対無理だから。僕の異能じゃ元No.３のトウリくんの代わりになんてなれないし、その上の２人も化け物だし……僕は僕のペースで、組織のNo.４異能者として頑張る所存だよ。この『洗脳』の異能を使ってね」

クエイトはにこやかにそう答えながら、会議室を後にした。

✦
✦
✦

イギリス。ロンドンの中心地にある魔術協会の本部では、『黄昏と夜明け団』の各支部の代表が集まり、議論を交わしていた。

「これは由々しき事態ですぞ！　すぐに日本へ注意喚起を行い、あの精霊を回収すべきだと判断します！」

声を荒らげている初老の魔術師は、黄昏と夜明け団の強行派をまとめる『プルト・アデプト』である。

強硬派のリーダーとも言える彼の言葉に、同じ強硬派閥に属する面々も頷きながら同意を示していた。

「注意を促すという点にだけは同意だ。しかし、既に動画は削除してアカウントも停止させた。別アカウントの作成もできないよう制限をかけた上に、他の動画サイトでも発見次第削除されるよう各企業には話を通している。充分な対策は行ったのだから、しばらく様子を見てもよいのではないか？」

怒りを滲ませるプルトへそう言葉を掛けたのは、『黄昏と夜明け団』の団長にしてアウルの父親である『ロジウム・メイザース』である。

「妖精種《フェアリアルシード》が盗まれたことは一部の団員の暴走ということで話は終わっている。だが、回収が失敗した上に、どこの魔術組織にも属さない謎の高校生術師がそれを手にしたことに関しては、君の娘さんであるアウル・メイザースの失態ではないのかね？　だとすれば、この件に関する責任もあるはずだ」

「何を言っておる。それこそ終わっている話であろう。回収にアウル・メイザースが向かうことにはこの場にいる全員の賛成があったはずじゃ。それに、結果として邪神の力を宿した術師を倒す一助となったのだ。称賛こそすれ、責任を負わせるなど冗談にも程があるわい」

厳しい処断を求めるプルトの意見に対して、白髭を蓄えた高齢の魔術師が即座に反論した。彼の名は『ジルコニウム・ウェストコット』、黄昏と夜明け団の副団長であり、過去に団長を務めていたこともある実力者である。

現在、黄昏と夜明け団は大手動画サイトに上げられた『精霊が踊っている動画』の存在により、対象の精霊を即座に回収するべきだと主張する強硬派と、注意喚起のみに留めて様子見に徹するべきと主張する穏健派の2つの派閥による会議が続いていたのだ。

「即座に回収するという意見もあるようだが、そのような話通るわけがなかろう。精霊かその契約者が強い拒絶を示さない限り、他者が精霊との契約を断ち切ることなどできぬのだぞ」

「このように動画で見せしめを受けているんだぞ！　精霊も不快に思っているに違いない！なんなら私が交渉に行き、不当な扱いを受けている精霊をすぐに回収してきてやる」

「馬鹿を言うな！　対象の精霊の契約者は、邪神の力を宿す術師を倒した水上潤叶の関係者だ。強引な手を使えば、彼女の印象を悪くするおそれがある。それに、我々には邪神の件で日本を危機に晒した負い目もある。下手をすれば国際問題となるぞ！」

「邪神の件は日本も邪神の心臓の管理体制が不十分だったという理由で既に終わっているだろう。だからこそ、今回の件で国際問題に発展する可能性は低いはずだ」

対象の精霊が不当に扱われている可能性はあるが、契約者が邪神の問題を解決した水上潤叶と近しい存在であることや、日本とイギリス間の国際問題に発展する可能性があるという2つの理由から、双方の派閥による会議は完全な平行線を辿っていた。

「まず、結城幸助が精霊を不当に扱っているという前提を見直すべきだろう。情報では、彼の人間性は高く、不当に精霊を扱うような性格ではないそうだ。それが真実であれば、精霊自身が望んで踊りの動画を撮影してネットに上げている可能性もある」

「そんなわけが……」

「本当にそう言い切れるのか？　妖精や精霊と関わる者ならば分かるだろうが、彼らの中には好奇心旺盛で悪戯《いたずら》好きな者も多い。もちろん大人しい者もいるが、踊りや動画、インターネットの世界に興味を持つ妖精や精霊が多いのも事実だ」

ロジウムの言葉を聞き、プルトを含めた強硬派の魔術師達は苦い表情で反論できずにいた。彼らの中にも、精霊と交流した際に悪戯でスマートフォンやパソコンを奪われた挙句、勝手にいじられたり遊ばれたりした経験があるためだ。

「何を行うにしても、まだ情報が足りない。それに、動画は即座に削除される状態なのだから、目下の問題は解決したとも言える」

「何を言っているのですか！　このような解決策など一時凌ぎにしか過ぎません！　そもそも、あのような強力な精霊をどこの誰とも知れない術師が所有しているなど……」

「情報が足りないと言ったはずだ。余計な行動をとり、もしも動画の精霊が敵に回ればどんな事態になるか、説明しなければ分からないのか？」

「くっ……」

ロジウムの言葉を聞き、強い反発を示していたプルトだけでなく会議室にいた全員が息を呑んだ。

結城幸助がどれほどの術師であるかは不明だが、動画に映っていた精霊は別である。

動画越しでは一般の術師であっても本物の精霊かの判別は難しいが、この場にいる術師はその精霊の脅威度まで判別できる実力があった。そのため、動画に映っていた精霊『ウル』がどれほど脅威的な精霊であるかを充分に理解していたのだ。

「あの精霊の正確な強さは不明だが、並の精霊とは一線を画す存在であるのは確かだ。そもそも、妖精種《フェアリアルシード》から妖精の段階を飛ばして精霊が生まれたこと自体が異例なのだ。あの精霊が特別な存在であることは確実と言える」

「結城幸助だけでなく、その精霊に関しても現時点では情報が少なすぎる。話を聞くにしても接触するにしても、まずは様子を見ながら情報を集めるのが妥当じゃのぉ」

ロジウムの言葉を肯定するようにジルコニウムが言葉を発し、円卓を囲む過半数の魔術師もそれに同意するように首を縦に振った。

「そういえば、近頃の日本では凶悪な妖《あやかし》の発生頻度が上がっているらしいのぉ」

「凶悪な妖、ですか？」

「それは、まさか……！」

「そうだ。気づいた者もいると思うが、近く日本では『百鬼夜行』が起こると予想されている」

「百鬼夜行ですと!?　期間が遥かに短いと思うのですが……」

「やはり、前回の百鬼夜行の残党による影響も大きいのだろうな」

ロジウムの発した『百鬼夜行』という言葉を聞き、会議室にいた魔術師達は驚愕の表情を浮かべた。

他国で起きた出来事とはいえ、前回の百鬼夜行で起きた被害の大きさを彼らも理解しているためだ。

「その援軍としてイギリスからも術師を派遣する予定だ。おそらく、百鬼夜行の討伐には結城幸助も参加するだろう。その時には接触する機会もあるはずだ」

「それまでに情報を集め、対応を考えるということじゃな」

「そういうことです」

ロジウムの言葉にジルコニウムが補足を加え、会議に参加していた魔術師のほぼ全員が同意を示した。

「異論はないようだな。それでは、本日の会議は終了とする」

ロジウムの言葉を聞きながら、唯一同意を示さなかったプルトは苦々しい表情を浮かべていたのだった。

閑話　「量子人工知能『ラプラス』」

先進国の一部の権力者が共同で出資を行い、密かに開発が進められている量子人工知能『ラプラス』。

この量子人工知能が地球上のあらゆる現象を分析し、未来を計算することで世界経済を支配する『ラプラス計画』は、実行されれば出資者達によって地球上の全ての人と物の動きが管理されることを意味していた。

しかし、そのラプラス計画の実行を間近にして、大きな問題が発生していたのである。

「なっ……!?　ラプラスを構成する人工衛星の一つがクラッキングされただと!?」

とある国に存在するラプラスの開発施設では、開発の総責任者である老齢の研究者『プレシス』が驚愕に声を震わせていた。

「一体何があったのだ？　詳しく説明しろ」

「は、はい。先日、ラプラスを構成する86機の人工衛星の内、日本の上空で待機していた1機がクラッキングを受け、制御権を奪われました。しかしながら、約10秒ほどで制御権は返還され、情報の抽出やプログラムの書き換えが行われた形跡もありませんでした」

「なっ、どういうことだ？　目的はなんだ？　いや、そもそもどうやって侵入したのだ……？　ラプラスを構成する86機全ての衛星には量子コンピューターが備えてある。それらは密接に連携し合って、互いを守っている。それをクラッキングなど、現代技術では不可能なはず……」

部下の説明を聞いたプレシスは、戸惑いながらも思考を続けていた。

量子人工知能ラプラスは、86機の人工衛星それぞれに搭載された量子コンピューターによって構成されている。それらは脳の神経細胞のように密接に繋がり合っているため、単純に86機の量子コンピューターを合わせた以上の計算能力を発揮するのである。

本来であれば同数の量子コンピューターから攻撃を受けたとしても容易に防ぐことが可能であり、反撃を行う余裕すらある性能であった。

「……だが、実際にクラッキングを受けたということは、ラプラス以上の処理能力を持つコンピューターが存在するということになる。まさか、そんなはずは……そうだ！　侵入した相手は特定できたのか？」

「申し訳ございません。クラッキングを行った個人の特定はできませんでした。ですが、不正アクセスと同時にラプラスが全力で抵抗したことで、辛うじて発信源の端末の形式だけは特定することができました」

「端末の形式しか分からなかっただと!?」

プレシスは部下の言葉を聞き、驚愕に目を見開いた。

クラッキングを成功させた時点で相手がラプラスよりも高性能な量子コンピューターを所持していることは確定的だが、多少の性能差であればラプラスの逆探知によって相手の位置は特定できると考えていたためだ。

「多少の性能差」という前提から「圧倒的な性能差」へと認識を改め、プレシスは動揺を無理やり抑え込み、話を続けた。

「それで？　発信源はどの型式の量子コンピューターだ？　量子コンピューターはまだ開発国

が限られている。形式さえ分かれば所有国は特定できるはずだ」

「それが……」

「何だ、さっさと言わんか！」

度重なる驚愕の事態に心の余裕がなくなっていたプレシスは、言い淀む部下に対して声を荒らげた。

「し、失礼致しました。その、発信源は一般向けに販売されているスマートフォンでした」

「……スマート、フォン？」

部下の言葉を理解できなかったプレシスは他の研究員にも目を向けて事実確認を行おうとしたが、皆一様に首を縦に振り、それが事実であることを肯定した。

「バカな……スマートフォン？　一般向けの携帯端末に……私が生涯をかけて創り出したラプラスが……負けたというのか……？」

一般向けのスマートフォンに生涯をかけて創り上げた量子人工知能が敗北したという事実を聞き、プレシスは膝から崩れ落ちた。

「プ、プレシス所長、ラプラス自身に話を伺ってみてはどうでしょうか？」

「……そうか、そうだな。ラプラスは今何をしている？」

「クラッキングを受けた直後は犯人の探索を行っていたのですが、手掛かりが一切なく、見つけ出すことは不可能だとすぐに判断したようで……その後は自身のスペックを高めるために自己学習プログラムを休みなく続けております。自己学習プログラムの一環として、現在は世界的に有名なバトルロイヤルゲームをプレイ中です」

「そうか、少し様子を見てこよう」

そう呟きながら、プレシスはラプラスと直接会話の行える制御室へと向かった。

「ラプラス、先日のクラッキングの件について聞きたいのだが……ラプラス？」

制御室では、空中に映し出されたゆるキャラのような悪魔の立体映像が、呆然とした表情で巨大モニターを見つめていた。

「ラプラス、何があったのだ？」

「……負けた」

ラプラスが見つめている巨大モニターには、『Ｙｏｕ Ｌｏｓｅ』という文字が大きく映し出されていた。

✦ ✦ ✦

「あぁ……どうしよう……」

「あぁ……どうしよー……」

怒濤のバイト生活が終わった週の週末。ウルと共に項垂れながら、ニアがプレイしているオンラインゲームの画面を気分転換に見ていた。

「リンのことを説明するなら、みんなのことも紹介するべきだよなぁ……」

俺が悩んでいる理由は、親にクロ達のことをどう説明すればよいのかだ。

先日、母さんがパスポートの更新を行うために市役所で戸籍謄本をもらったらしいのだが、そこに『結城リン』という見知らぬ娘の名前が記載されていたというのが事の発端である。

もちろん、母さんは見覚えもないし産んだ覚えもない。役所の職員に聞いても書類の不備やミスは見つからず、結城リンという娘がいることになっている。

そして、疑いの矛先は父さんへと向かった。

母さんの質問に対し、父さんも状況が分からずパニック。基本的に家では母さんの方が立場が強いため、パニック状態の父さんへ母さんの怒濤の尋問が炸裂。状況はさらに悪化して、離婚の話が出たらしい。

「説明の前に、まずは父さんに謝罪だな……」

正確にはユイというソージ達の協力者？　の人がしてくれたことだが、俺が勝手に戸籍謄本を書き換えたと説明して離婚の話はなくなった。

だが、メールや電話だけで伝えられる内容ではないため、リンを連れて実家に帰ることになったのだ。

「父親だけでなく、迷惑をかけた母親への謝罪も必要だと思うぞ」

「そうだね。どうせ説明は長くなるだろうから、まずは父さんと母さんに謝って、そこからかな」

次の週末は連休があるため、そのタイミングで帰省して説明する予定だ。

実家までは電車とバスを乗り継ぐので、クロとシロ用にペットケースとか買わないといけないかもしれない。

「ま、うちの親って結構変わってるから、何とかなるだろう。ところでウルは何でそんなに悩んでるんだ？」

「う～、聞いてよご主人様～」

ウルの悩みは、動画投稿サイトのアカウントが削除されたことについてだった。

特に規約違反となる動画は作成していないにも拘わらず、突然アカウントを削除されたらしい。運営に問い合わせても返答はなく、削除された理由も分からなかったそうだ。

バイト中もずっと元気がなかったのはそれが原因だったのか。

「それでも、ニアが諦めずに何度も問い合わせてくれたお陰で運営から返事は来たんだけど……」

「良い内容ではなかったのか」

結局、返答内容も事務的なものでアカウントの復活は認められなかったらしい。

それだけでなく、新しいアカウントの作成までできなくなったそうだ。ネットの世界は厳しいんだな。

「せっかく見つけた趣味だったのに、全部ダメになっちゃった……」

「そうだったのか……バイト代も入ったし、今日は出前でも取って美味しいもの食べるか？」

「食べるー！」

返事は元気だが、どことなくいつもより浮かない表情だ。今回の一件は相当心にきているのかもしれない。

今日は奮発してデザートも付けてあげよう。

「夕食まではまだ時間あるし、引き続きニアのプレイでも見るか」

「ニアっちの操作うますぎて全然参考にならないけどねー」

ニアは今、世界的に人気なバトルロイヤルゲームをプレイしていた。

ノートパソコンで操作しているのだが、ニア自身が小さいため、キーボードとタッチパッドの上を両手足を使って這うようにして操作している。凄い技だ。

「霊力糸繋いで直接ノートパソコンを操作したほうが楽じゃないのか?」

「ソレダト操作パネル越シノ僅カナラグガ無クナルノデ、僕ガ圧倒的ニ有利ニナッテシマイマス。デキル限リフェアナ条件デ戦イタインデス」

思った以上にニアの対戦ゲームへの拘《こだわ》りは強いようだ。

対峙した相手の動きから回線速度やパソコンスペックを即座に読み取り、うちのネット回線とノートパソコンを霊力糸で弄《いじ》ってそれらの条件も限りなく同じ状態に調整しながら戦っているらしい。凄い拘りだ。

「裏でそんな色々やりながら圧勝してたのか、凄いなニア」

「イエ、今回ハ少シ危ナカッタデス。途中デ戦ッタ『Ｌａｐｌａｃｅ』トイウプレイヤーハ今マデ一番強カッタデスネ。マタ戦イタイデス」

中盤で尋常じゃないレベルの弾の撃ち合いしてたけど、その時の相手か。

ニア曰く、相手からフレンド申請が来たのでもう登録済みだそうだ。ニアにも友達ができたみたいだな。

「私もゲーム趣味にしてみようかなー」

「ヤッテミマスカ?　教エマスヨ」

体はほとんど同じ大きさだからニアが操作できるならウルにもできるとは思うけど、あの動きは大丈夫なのか？　怪我したら危ないので身代わり札を貼ってから遊ぶようにしてもらおう。

「とりあえず、週末の親への説明文でも考えるかな……」

「説明するよりも術や異能を見せたほうが早いかもしれんぞ？」

「確かにそうだね。みんなの能力も披露してもらうかもしれないから、その時はよろしく頼むよ」

「うむ、どうせなら見栄えのある技でも披露するとしよう」

「カカーカ！」

「リンもがんばるー！」

「私も凄い魔術披露しちゃおーっと！」

「僕ハ最近編ミ出シタ、霊力糸デ空ヲ駆ケル技ヲ披露シマス」

「いや、みんなそんなに気合入れなくていいからっ」

週末の帰省、別の意味で不安になってきた。

あと、ニアの空を駆ける技って何だ？　凄い気になるんだけど。

第5章 実家帰省編

「結城くん。放課後時間があったら少し話したいことがあるんだけど、いい？」

朝、今日も憂鬱な学校生活が始まるかと思いきや、委員長からそんなお誘いを受けた。

女子からはキャーキャーと騒がれ、男子からは血涙を流しそうな目で睨まれている。

以前も似た状況を経験した気がするな。タイムリープしてる？

「えっと、もちろん大丈夫！」

「ありがと、それじゃあまた放課後にね」

滝川《たきがわ》に「幸助……この、裏切り者があああーーーーー!!」と叫ばれながら脛を蹴られ、本日も平穏な学校生活が始まった。

✦
✦
✦

放課後。休み時間に委員長と打ち合わせを行い、水上さんファンクラブを撒きながら学校の屋上で合流した。

「ほんとにごめんね。みんなに聞かれないところで誘えばよかったね」

「いや、水上さんも俺もみんなにマークされてるから、どこで誘っても同じだったと思うよ」

委員長はファンクラブから常に熱烈な視線を向けられており、俺は学校中の美女とお知り合いということであらゆる集団から熱烈な殺気が向けられている。

そのため、この2人が揃う時点でトラブルは避けられないのだ。

撒くのは少し大変だったが、最近は委員長が忙しそうで話す機会がなかったため、俺としても話ができるのは嬉しいので別に苦ではない。

「それで、話したいことって何なの？」

「ずっと言いたかったこと、かな」

「ずっと言いたかったこと……？」

鈍感系主人公のような返答をしながらも、俺の脳内はフル回転で委員長から発せられるであろう言葉を予想していた。

人には聞かれたくない内容、2人きりのシチュエーション、委員長からの好感度は悪くない……それらの情報から導き出される答えなど、既に決まっている。

「宿泊レクリエーションの出来事だけじゃなくて、神前試合のことも、猫神様を助けてくれたことも、本当に本当にありがとう！」

委員長は頭を深く下げながら、そう感謝を伝えてきた。

やっぱりね。お礼だと思いましたよ。告白だと思ってはいませんよ。

「結城くんほどの術師なら困ることもあんまりないと思うけど、何か困ったことがあれば協力するから。遠慮なく言ってね」

「そんな、気にしなくていいのに」

「気にしないとかのレベルの借りじゃないから。だから結城くんに困ったことがあったらすぐに教えてね！」

「その気持ちだけで充分だよ。ありがとう水上さん」

その後は、潤奈ちゃんとアウルちゃんと龍海さんも同じくらい感謝を示していることや、俺が仮面の術師だということが神前試合の後の結構早い段階でバレていたことなどを教えてもらった。

「うわっ、あれバレてたの？　恥ずかしっ」

「先に気づいたのはお父さんなんだけどね。霊力を完全に隠している術師なんて殆どいないら
しいから、逆に不自然だったみたい」

委員長と中庭で握手した際に、実は俺が纏う霊力を探られていたらしい。その後、神前試合
の前に龍海さんと握手した時にも霊力を探られていたらしく、同様に霊力を一切感じなかった
ため正体がバレたそうだ。

「でも、意図的に隠してるわけじゃないんだよね。隠そうと意識したこともないし」

「それじゃあ、そういう体質なの？」

「分からないけど、たぶんそうだと思う」

霊力を感じないどころか、術も異能も同時に使える。きっと神様が強化してくれたお陰なん
だろうけど、いずれちゃんと調べる必要がありそうだ。

「そういえば、他にも話したいことがあってね」

その後は、宿泊レクリエーションの後処理についても教えてもらった。

既に協力者は捕らえられたが、首謀者の3名のうち1名が未だに行方知れずなのだそうだ。

さらに、事態を悪化させた『邪神の心臓』の存在も行方が分からないらしい。

「その逃げた1人が邪神の心臓を持ち出したとか？」

「その可能性は低いと思う。昔から旭川を守ってくれているワコさんっていう妖がいるんだけ

ど、その方が特殊な結界を旭川に張ってくれてるの。持ち出せばその結界が反応するはずだから、旭川の外には出てないみたい」

さらに、邪神の心臓は強大な悪意の塊みたいなもので、それに耐え得る強靭な器と邪神の悪意を抑え込めるほどの力がなければ保管することすら難しいとも教えてくれた。

「それこそ、神話に登場するような神様の力を持つ英雄とかでもない限り、密かに持ち出して保管なんてできないらしいよ」

「えっ、神話に登場する英雄って実在するの？　半神《ハーフ》とか!?」

神様の血を引いてる英雄なら、有名なのはアキレスやペルセウスだろうか。生い立ちや伝説を描いた映画を観たことがある。

「あくまでもいたらっていう話みたい。何百年も生きてる妖の方々と話す機会がたまにあるんだけど、その方々でも半神《ハーフ》は流石に見たことがないって言ってたよ。でもそれに近い存在はいるとも言ってた」

「それに近い存在ってだけで充分凄いけどね……」

半神に近い存在……あれ？　それって、俺？　まぁいいか。

というか、何百年も生きてる妖と話す機会があるっていう委員長の私生活も凄いな……あれ？　クロもそうか？　まぁいいか。

「結局、邪神の心臓は消滅した可能性が高いみたい。そうだ！　あと、邪神の心臓の件で他にも報告があってね」

邪神の心臓を宿した術師を倒した功績は、表向きには委員長のものとなったそうだ。

どこの派閥にも属さないフリーの術師が解決したとなると色々な組織から狙われる危険があるため、龍海さんがそういう筋書きに書き換えたらしい。

ちなみに、その関係で政府や外国の偉い人が委員長に会いにきていたため、最近は忙しくて時間が作れなかったらしい。

「手柄を横取りする形になっちゃって、本当にごめんね」

「いやいやいや！　むしろ感謝しかないよ。本当にありがとう」

委員長は勝手に決めたことを気にしているのかもしれないが、この件に関しては心の底から感謝しかない。

偉い人に挨拶なんて絶対嫌だし、色々な組織から狙われるなんてもっと嫌だ。

「だから、その件に関しても私は結城くんに大きな借りがあるの。何か困っていることとかない？」

「逆に手柄を貰ってくれたことには感謝しかないから、全然気にしなくていいのに」

「そんなわけにはいかないよ」

「いやいやいや」「いえいえいえ」と日本人らしい押し問答を続けていると、お願いしたいことが思い浮かんだ。

「あ、いえいえいえとか言った後で申し訳ないんだけど、やっぱりお願いしたいことあるかも」

「なに？　私が手伝えることなら何でも言って」

何でも……だと？　ダメだダメだ。煩悩退散！

こういうことを考えるから、まるで告白のようなシチュエーションで呼び出されても全然違う話でした、という呪いにかかるんだ。

そんなことより、お願いしたいことの話だ。

「実は、水上さんのやっている陰陽術師の仕事について知りたいんだ。潤奈ちゃんとアウルちゃんにフリーの術師だって言ったんだけど、そもそも術師って普段何をしているのか知らないんだよね」

神様のことや異世界転生されなかった話はあまりに突拍子もないので、その点は省いてある日突然普通じゃないものが見えるようになり、術が使えるようになったと説明した。

「今まで訓練とかしたこともないの？　それか、ご実家が術師の家系とか」

「訓練したことは一度もないかな。そもそも術の存在すら知らなかったし。親は少し変わってるけど……たぶん術師ではないかな」

父さんは農家で母さんは普通の看護師だ。父さんは旅好きで母さんは登山が趣味なため、昔は2人で色々な国を回ったらしいが、別に特別な能力を持っているわけではないと思う。

一緒に生活していて、そういう一面を見たことは一度もない。

「突然力に目覚める人は確かにいるけど、結城くんほどの術師は流石に聞いたことないかな……そういえば、普通じゃないものってどんなものが見えるの？」

「えっと、妖精っぽいカラフルな光の球とか、目を凝らせば魂っぽい白い球とか小さいおじさんとかも見えるかな」

「そ、それって凄い才能だよ！」

妖や妖精は生きた霊力の塊のような存在のため、術を使える人なら誰でも姿を見られるらしい。しかし、俺がオーブと呼んでいる白い球や小さいおじさん、いわゆる幽霊は見えないそうだ。

どれほど霊力操作能力が高い術師でも見えない人がほとんどで、一般的に『霊感』と呼ばれているような才能が必要らしい。

「『悪霊を祓ってほしい』とか、『亡くなった人に会わせてほしい』っていう依頼が時々来ることもあるんだけど、そういうことはできないんだよね」

「術師って悪霊を祓ったり亡霊を成仏させたりしてるのかと思ってたけど、そうじゃないんだね」

アニメや漫画知識でそう思っていたけど、実際は違うのか。

「期待を裏切るようで申し訳ないんだけど、それは術師の仕事じゃないの。結界には悪霊を寄せ付けないものもあるから、どうしてもって言う人にはそれで様子を見てもらったりもするけどね」

「結界ってそんな効果のやつもあるんだ」

結界術は防御の要なので自主練は欠かしていない。そのため、ある程度は性質を理解していたつもりだが、まだまだ知らないことは多そうだな。

「もしも結城くんが良ければ、陰陽術師の仕事を体験してみる？　ちょうど、近いうちに仕事の予定があってね。その仕事にはフリーの術師さんも同行するから、学べることもあると思うの」

「え、いいの？」

術師の仕事やフリーの術師がどんな存在なのかも興味はある。でも、そんな特殊すぎる職場体験って気軽にできるものなのだろうか？

「もちろん普通はダメだけど、結城くんの実力なら大丈夫だよ」

「でも、術師としては本当に素人だよ？」

神様に体を強化してもらったお陰で色んな術や異能をコピーして使えるだけの一般人だ。あれ？　俺って逸般人？

「自覚がないと思うけど、結城くんの術師としての実力は相当なレベルだからね。それこそ、日本だけじゃなくて外国の政府から依頼が来てもおかしくないくらいだよ」

「外国の政府から依頼って……」

陰陽術師って人知れず除霊とかして世の中を良くしている組織程度に思っていたが、今の話だと日本政府だけじゃなくて外国の政府も関わっている規模の組織らしい。

想像を超える規模だった。

「でも、流石にそんな依頼は滅多に来ないよ。今度の仕事はそういう大きな仕事じゃなくて、異変を確認するための見回りだから」

「見回りか」

それなら問題なさそうだな。足りない技術は委員長を見て習得しよう。

「是非ともよろしくお願いいたします」

「了解ですっ。それじゃあ日時なんだけど、実は今週末の三連休なんだよね」

「三連休……」

タイミングが悪かった。三連休は実家にクロ達を連れていって事情を説明する予定なのだ。

「ごめん、その日はちょっと実家に帰る予定があって……」

「あ、そうなんだ。こちらこそごめんね。流石に週末は急だったよね」

「どうしても外せない用事で……ちなみに、そのお仕事っていうのはどこでやる予定なの？」

「場所わかるかな、滝川市《たきかわし》っていうところなんだけど」

……場所わかる。そこ、地元だ。

✦
✦
✦

「この子も連れてくー！」

「連れてくって、明らかに銃刀法違反だからダメだよ」

帰省の準備中、リンが例の刀を抱きしめてそんな我儘を言い出した。

この刀は結界に閉じ込めて居間に置いておいたはずなのだが、いつの間にかそこから脱出してリンと共に誘拐犯の確保に協力していたらしい。

「だいじょうぶって言ってるよー」

「えっ？」

リンがそう呟くと、抱きしめていた刀は家の鍵へと変化した。

キーホルダーやコーティングの剝がれ具合までしっかりと再現されている。芸が細かい。

「こんな能力があるのか。っていうか、この刀の言ってることが分かるのか？」

「なんとなくだけど、わかるよー」

サイリウムみたいに光った時から思っていたが、やはり意思を持っているのか。

意思を持った刀、ますますヤバそう。

「誘拐犯の確保時も家の鍵に化けてリンが連れていったようだな。化かすことと見破ることには自信があったのだが、不覚だ」

クロはクロで謎の対抗意識が芽生えている。

まぁそれは置いといて。刀からは悪意を感じないし、リンが気に入っているようなので連れていってもいいだろう。

「誘拐犯との戦いでもリンを助けてくれたみたいだし、ちゃんと意思もあるから、新たな家族として迎え入れるか」

「お主がそう決めるのなら異論はないぞ」

「カカーカ」

「僕モ問題ナイト思イマス」

「順番的に私の弟になるわけかー。もしかして妹？」

「やったー！　家族ー！」

反対意見はないようなので、刀が家族になりました。実家へ帰った時の説明も増えました。

「名前を決めてはどうだ？」

「名前か……」

ネーミングセンスに自信はないけど、クロ達の名前は全部俺が決めたため、みんなからの期待の眼差しが凄い。

気のせいか刀からも期待の籠もった視線を送られている気がする。

「刀なのに、光るし変わる……」

みんなの名前も2文字だから、それに合わせて2文字が良いな。だとすると、特徴に共通した2文字だけ使うか。

「それじゃあ、お前は『カル』だ。光るし、変わるし、敵を狩るとか。そんな意味を込めてつけました」

俺の言葉を聞いた直後、家の鍵に変化している刀が七色に光出した。

これは、気に入ってくれたということなのだろうか？

「うれしいみたいだよ！」

「そうか、それは良かった」

リン曰く、カルは喜んでいるらしい。

「それじゃあ、明日に備えてそろそろ寝るか」

「カルも一緒にねるー！」

カルは抱き枕へと変化して寝る準備万端といった様子なのだが、ご機嫌なようでずっと七色に輝いている。

結局、寝る時間になっても一向に光が収まらないため、カルを毛布でぐるぐる巻きにしてから寝た。

✦✦✦

「ふあぁぁぁぁぁぁ」

電車の車内では、委員長が両手にクロとシロを抱えて非常にご満悦だ。

委員長の仕事場所が俺の帰省先ということで、術師の職業体験をお願いしていた。

三連休の1日目は親への説明に費やし、2日目からは委員長のお仕事を手伝う予定だ。そのため、今は一緒に電車で滝川へと向かっている。

ちなみに、これから向かう先は滝川『たきかわ』市で、オカルト好きで俺の脛を蹴ってくるのは滝川『たきがわ』だ。ややこしいね。

「ふあぁぁぁ、最っ高」

委員長にシロ達を紹介した時はあまりにも特殊な面子《メンツ》に驚いていたが、クロとシロを抱きかかえた途端に考えるのをやめ、今はリラクゼーション中である。

本当に動物が好きなんだな。

「そういえば、水上さんはこれからフリーの術師さんに会って仕事を始めるの？」

「そうだよ。最初は滝川市の周辺の市町村を回って、2日目からは滝川市を中心に活動するかな。だから、結城くんとはその時に合流することになると思うの。もしかしたら案内とか頼むかもしれないけど、それでも大丈夫？」

「実家は滝川市の外れの方だけど、案内は大丈夫だと思う」

実家は滝川市の郊外にあるため、隣の家までは50メートル以上離れており、野良猫よりもキタキツネとの遭遇率が高いという場所だった。

そんなド田舎郊外住まいだったため、小さい頃から遊び場を求めて滝川の市街地まで自転車を走らせていたので、地理にはそこそこ詳しい。

「そういえばこの前聞きそびれたんだけど、フリーの術師って何か資格とかいるの？」

これからもフリーの術師と名乗る機会はあると思うが、「それじゃあ資格を見せてください」とか言われると困ってしまう。

「資格はないよ。拠点にしている土地を担当してる五大陰陽一族の許可があれば、それだけでフリーの術師って名乗って大丈夫。ちなみに、結城くんの活動はとっくにお父さんが許可してるからフリーの術師って名乗って何も問題ないよ」

「えっ、許可だけでいいの？　試験とか資格の発行とかもないの？」

「術師の存在自体が秘密だから、資格の発行とかはしてないんだよね」

術師のスカウト、育成、各地の超常現象への対応などなど。術に関する事柄への権限は基本的に五大陰陽一族が持っているらしい。

そのため、その土地の五大陰陽一族に認められればフリーの術師と名乗って活動できるそうだ。

「術を使った仕事の範囲も各地の五大陰陽一族が決めていいから、隠密特化の式神とか使って意図的に心霊現象を引き起こす仕事をしている人もいるよ」

「心霊現象……あっ！」

以前、そんな心霊番組を見たことがあるのを思い出した。有名なタレントさんが廃墟を探索して心霊現象を撮影できるかという企画の番組コーナーで、高度な隠蔽術式の施された招き猫型の式神が、扉をゆっくり開け閉めしたり床を叩いたりして擬似的な心霊現象を起こしていたのだ。

うわぁ、絶対あれじゃん。

「そんなことしても国のお偉いさんに怒られたりしないんだね」

「普通の人には見えないし、隠密特化の式神は並の術師でも見えないから……何が起きてるか分からないんだよね」

なるほど、術の存在を知っていても、術を監視する力はないのか。

だからこそ、五大陰陽一族がそういう権限を握っているんだな。

「もちろん、権限を逸脱した行為がないように五大陰陽一族同士で互いに監視し合ってるから、好き勝手に術を行使する人は滅多にいないけどね。今のところは、このシステムで問題なく回ってる感じだよ」

つまり、心霊番組で意図的に心霊現象を起こすことは見逃されているのか。まぁ、心霊現象といえば心霊現象だもんな。でも意図的だから、グレーゾーンな気がする……。

陰陽一族同士の監視って結構大変そうだな。

「あ、それと今更すぎるんだけど、親にクロ達のことを話してもいいの？」

クロ達を紹介するために帰省することは、学校の屋上で話した際にも伝えていた。その時に委員長には止められなかったので、大丈夫だとは思うのだが……。

「それは全然いいよ。もちろん、親御さん以外に話を広めないようにしてほしいけど、仮に広められたとしても到底信じてもらえるようなことじゃないから……」

「たしかに、実際に術を見せてもマジックと思われそう……」

情報の規制って、意外と緩いんだな。

「むしろ説明がんばってね。水上家に所属してくれている術師の人達にも家族へ事情を話している人がいるんだけど、みんな説明は大変だったって言ってたから……もしも説明が長引くようなら2日目以降の仕事のお手伝いもキャンセルしていいし、呼んでくれれば私も説明手伝いに行くよ」

「ありがとう水上さん。でも、手伝いは必ず行くよ。たぶん両親への説明は大丈夫だと思うから」

クロ達の説明に関しては、実は何も問題ないと思っている。なぜなら、うちの両親も色々と変わっているためだ。

「もう着いたか、それじゃあここで一旦お別れだね」

「うん、それじゃあまた明日ねっ」

気づけば駅へと到着していたため、委員長とは一旦別れてバスに乗り換え、実家へと向かった。

さてと、説明に関しては問題ない。本当の問題は、説明後の両親だ。

俺達の戦いは、これからだ！

✦
✦
✦

「きゃーっ！　写真は送ってもらってたけど、実物はさらに可愛いじゃない！　やだー、精霊ちゃんも超可愛いわ！　私娘が欲しかったのよね～。まさかこんな形で夢が叶うなんて思わなかったわ～」

「喋る猫、意思疎通のできるカラスか。動物と会話できる人には会ったことがあるけど、誰とでも意思疎通できる動物とは初めて会ったよ。そしてロボットに意思を持った刀、いやいや凄いな。夜中に動く人形や怪しげな雰囲気の武器は見たことあるけど、そんなものとは比べ物にならないぞ」

クロ達を紹介した途端、予想通り両親の好奇心は大爆発した。

そして、クロ達は両親にこれ以上ないほど揉みくちゃにされている。

「ぐおぉ……」

「カアァ……」

「ううぅ……」

「うぐぅ……」

クロとシロとリンとウルは、すでに疲弊しているようだ……隠し芸を披露するとか言っていたが、そんな余裕はなさそうだな。

「にしても、予想通りだったなぁ……」

好奇心大爆発中の両親を見ながら、そんな感想を漏らす。

うちの父さんは理性的なインテリ眼鏡で、母さんは穏やかな優しい雰囲気だが、とんだ見た目詐欺だ。

父さんは秘境の部族に会いにいくレベルの冒険好きで、母さんは８０００メートル級の山に挑戦するレベルの登山好きというパワフルな趣味を持っている。そのため、並大抵のことでは驚かない。というより、驚けないらしい。

未知の出来事を前にすると好奇心が勝ってしまうそうだ。

「おっと、そういえば僕らの自己紹介がまだだったね。僕は幸助の父の『結城直助《ゆうきなおすけ》』です。よろしく」

「幸助の母の、『結城美奈《ゆうきみな》』です。よろしくね」

「よ、よろしくお願い致します……」

「カ、カー……」

「よろしくー……」

「よ、よろ……」

「ヨロシクオネガイ致シマス」

「……」

ニアとカル以外はもう限界のようだ。

だが、そのお陰でようやく両親も落ち着いた。みんな、本当にお疲れ様。

「さてと、自己紹介も終わったことだし、幸助！」

「は、はい！」

父さんが眉を吊り上げ、怒りをあらわにしながら俺を睨んでいる。

父さんの怒りはもっともだ。俺がもっと早く事情を説明していれば、母さんとの離婚話になんて発展しなかったはずだ。ここは真摯に謝ろう。

「今聞いた話が本当なら、なんでそんな不思議体験に父さんを誘ってくれなかったんだ！　陰陽術師の試合？　異能組織のビルを倒壊？　魔術師との戦い？　どうして、どうして私も呼んでくれなかったんだぁぁあああ！　……ごふっ！」

「お父さん、まずはこうくんの無事を喜ぶべきでしょ？　まったく、すぐ好奇心に負けて我を忘れるんだから」

父さんの怒りは予想と全然違う内容だった。そして、母さんが父さんの脇腹に美しいジャブを決めて静かにさせた。

母さんの方が好奇心に負けると大変なことになるのだが、今はリンとウルを可愛がったおかげで理性を取り戻しているようだ。

「そういえば、離婚の話になったことは気にしなくていいからね。私がお父さんの話をちゃんと聞かなかったのも悪かったの。もっと理性的に話し合えばよかったと反省しているわ」

「ふっ、僕は昔から母さん一筋だよ。君の理性が怒りや好奇心でどれだけ吹き飛ぼうと、その事実だけは変わらない」

「あなた……」

どちらかの理性が吹き飛んでいる時は大抵どちらかが理性的なため、ちゃんとその場を収めてくれる。ある意味ベストカップルなのかもしれない。

とりあえず、本当に離婚にならなくてよかった。

「あらごめんなさい、話を戻すわね。メールで今回の内容を聞いた時からお父さんと話し合っていたの。こうくんがどれだけ危ない目に遭っていたのか。そして新しい家族と、こうくんのこれからについてね」

母さんが真剣な表情でそう切り出した。そして、父さんも同じく真剣な表情で語りかけてくる。

「流石に今の幸助には負けるが、僕達も若い時はやんちゃをして親にたくさん心配をかけたものだ。知らない土地で身包《みぐる》み剝がされたり、猛獣に襲われたり、部族間の抗争に巻き込まれたりな」

「私も凍傷で指が取れかけたり、悪天候で食料が尽きるほどの足止めに遭ったり、クレバスに落ちて死にかけたりもしたわね」

人のことは言えないが、父さんも母さんも負けず劣らずのやんちゃエピソードな気がする。クロ達も少し引いている。

「でもね、私達はこうくんが無事ならそれでいいの。自分が平穏な人生を送ってこなかったから、こうくんに言えた義理ではないんだけど……本当は無茶はしてほしくないし、危ないことなんて絶対にしてほしくない。こうくんに死ぬようなことがあったら、私は後を追うと思うわ」

「もちろん僕も同じ気持ちだ。幸助、お前は僕達夫婦の生き甲斐なんだ。生き甲斐だった趣味を捨ててでも守りたいと思った、大切な存在なんだよ」

「母さん、父さん……」

昔、父さんと母さんが使っていたパスポートを見せてもらったことがある。色々な国の出入国スタンプが押されていたパスポートの中身は圧巻だった。

でも、その中で一番新しいスタンプの日付は、俺が生まれるすぐ前だった。つまり、父さんと母さんは俺が生まれてから一度も危ない旅には出ていないのだ。

2人は趣味を捨てて、俺を育ててくれたのである。

「でもな、特殊な力を持つ人間にはそれに見合った行動や責任が求められるようになってくる。僕の力を借りたい人達から仕事の依頼が来て、それに伴って危ない目にも遭ったし、大きな責任を背負ったこともある」

「もちろん、どうするかの決定は自分自身がするものよ。でもこうくんは優しいから、どうせ自分の安全とか顧みないで人助けとかしてるんでしょ？」

「うっ……」

母さんはやはり鋭い。いや、父さんも気づいているみたいだな。

異能組織や魔術師との戦いを説明した時はソージ達や学校のみんなを助けるために戦ったということまでは言わなかったのだが、すでに2人とも察しているようだ。

「そこは本当にお父さん似ね。私が知らない部族に絡まれている時、変なお面をつけて助けにきてくれたお父さんの勇姿を思い出すわぁ」

「はっはっは、何を言っているんだよ。母さんだって、僕を騙そうとした現地ガイドに制裁を加えてくれたじゃないか。現地ガイドの顎を撃ち抜いた美しいアッパーカットは今でも鮮明に覚えているよ」

　変なお面にアッパーカットか。あまり自覚はなかったが、俺はこの2人の血を色濃く受け継いでいるようだ。

「少し話がそれちゃったわね。こうくん、あなたには無事でいてほしい。できれば、人助けなんかしないで自分の無事だけ考えて、平穏に生きてほしいと思ってる。でも、きっとそれは無理なのでしょうね。私達の子供だもの」

「だからこそ、人生の先輩である父さんと母さんからのアドバイスだ。困った時は周りに頼れ。僕が助けた母さんが僕を助けてくれたように、お前が助けた人達は必ずお前を助けてくれる。それに、頼もしい家族もできたみたいだしな」

　そう言いながら、父さんと母さんはクロ達の方を向いて頭を下げた。

「どうか、息子のことをよろしくお願いします」

「よろしくお願いします」

「儂らは家族だ。お願いなどされずとも、主人のことは必ず守る」

「カカーカ！」

「リンも守る！」

「モチロン、僕モ同ジ気持チデス」

「私もおんなじ気持ちだよ！」

　クロ達は父さんと母さんの言葉に、自信に満ち溢れた表情でそう返した。きっと、2人を不安にさせせないようにという配慮もあるのだろう。

あと、カルも同意だという意思表示をしてくれてるのか、強く光り輝いている。

「父さん、母さん、ありがとう。クロ、シロ、リン、ニア、ウル。そしてカルも、本当にありがとうな」

自慢の家族が多すぎて困る。

「もちろん、困ったことがあれば僕達にも遠慮なく頼ってくれ。幸助の家族ということは、僕達の家族でもあるからな」

「言っておくけど、こうくんもみんなをちゃんと守ってあげるのよ。家族なんだから」

「言われなくても分かってるよ」

クロ達のことも本当の家族だと思っている。もしもそんなクロ達に何か起こるようなら、全力で助けるのは当然だ。

そして、それを聞いていたクロ達もどことなく嬉しそうだ。

「さてと、それじゃあ歓迎会といきましょうか！」

「今日はいい寿司をとってあるからな。贅沢に過ごすとしよう」

「すしー？」

「寿司だよ寿司！　ほら、スーパーで半額の時にご主人様が買ってきてくれるやつ！」

ウルにさりげなくうちの経済状況をバラされながらも、その夜はスーパーで半額のやつとは比べ物にならないレベルの寿司を堪能した。

余談だが、明らかに見た目の体積を超える量を食べられるウルの異次元胃袋を見て、両親の好奇心が再度爆発していた。

✦ ✦ ✦

「桂《けい》～、本当にあんなバカ猪に任せて大丈夫なの？　あいつが下手こいたせいで邪神の心臓が手に入れられなかったんだよ？」

気だるげな表情で歩く黒髪短髪の少女は、隣を歩く黒い長髪を後ろで結った男性へ、そう声をかけた。

「香《かおり》、あれは仕方のない状況だ。邪神の心臓を狙う他の勢力が旭川にいたのは想定外の事態だった。それどころか、一時的とはいえ邪神の力が解放されたのだ。猪笹王《いのささおう》が何をしようと、あの状況から駒を取りにいくことは不可能だった」

桂と呼ばれたその男は表情を一切変えず、香と呼ぶその少女へ言葉を返した。

「ぷふっ、だとしても猪笹王《いのささおう》は本当にバカだよね。野生の猪のふりして子供の仕掛けた罠にわざとかかってその場をやり過ごすとか、思い出すだけでウケるんだけどっ！　北海道に猪とかいないのにっ！　ぷふっ」

「この地に野生の猪がいないことは盲点だったようだな。まぁ、奴もそれなりの働きはしている。今回は大目に見てやるとしよう。それよりも、我々は持ち駒を増やすことに集中すべきだ」

そう話しながら、桂は右手に出現させた大太刀を構えた。

「バカ猪の話だと、あのボロ小屋にいる妖は持ち駒にしても大丈夫そうなんだよね？」

「あそこにいる妖は、この地を治める水上家とは協力関係にない。だからこそ、いなくなっても気づかれないと聞いている」

桂の言葉を聞きながら、香も右手に出現させた槍を構えた。

「そう言ってたけど、前に手に入れた駒は水上家の妖だったじゃない。危うく私達の動きがバレるところだったわ。今回もガセ情報だったら絶対に許さないわよ」

「ふっ、その時は……奴も我々の手駒にするだけだ」

2人はそう話しながら、森の中にひっそりと建つ古屋へと足を踏み入れたのだった。

✦　✦　✦

両親と新しい家族の歓迎会を行った翌朝。クロ達を連れて委員長との待ち合わせ場所へと来ていた。

全員で来る必要もなかったのだが、家にいると両親に弄くり回されるため、全員ついてきた。

また、陰陽術師との仕事があると知った父さんもついてこようとするトラブルもあったが、母さんが羽交締めにしたことで事なきを得た。

「おはよう水上さん。ごめんね、待たせた？」

「おはよう結城くん。全然待ってないよ。私も今来たところだし、まだフリーの術師さんは来てないから」

待ち合わせの時間には少し早かったが、すでに委員長が待っていた。

流石委員長だ。成績優秀な上に人柄も良く、プライベートでは術師として世のために活動もしている。ファンクラブができて当然だな。

「そういえば、見回りをする理由を話してなかったよね」

そう言いながら、委員長が今回の仕事に至るまでの経緯を話してくれた。

どうやら、最近行方不明の妖の数が増えてきているらしい。

「妖が行方不明になってる？」

「そうなの。この前、水上家に協力してくれていた妖の方と連絡がつかなくなっちゃって。仲の良い妖の方達に聞いてみたら、他にも行方が分からなくなった妖がいるみたいなの」

妖達は人間と時間感覚が違うため、「ちょっと散歩に行ってくる」と言って数十年くらい行方不明になる者もいるらしい。

そのため、定期的に行方不明の妖は現れるのだが、今回は明らかに数が多いらしいのだ。

「気まぐれな妖も多いから、他の土地に旅に出てそのまま居着いちゃったりってこともあるんだけど、行方不明になっているのは北海道だけじゃないんだよね」

「えっ、他の地域でも行方不明になってるの？」

「東北や関東地方でも行方不明の妖が増えてるみたいなの。だからこそ、今回の見回りで異常がないかを確認して回っているんだ。潤奈やアウルも、別の地区を回ってるはずだよ」

「潤奈ちゃんやアウルちゃんも休日返上して仕事してるんだね」

術師って大変だな。録画してるアニメ見ながら片手間に結界の練習とかしてる自分が恥ずかしい。

「そういえば、結城くんって水上さん呼びだよね」

「確かに、いつの間にかそう呼んでた」

心の中では委員長呼びだけどね。

「水上だと潤奈やお父さんと被るから、名前で呼んでほしいかも」

「……えっと、潤叶さん」

「うん、それでお願い」

「そしたら、俺のことも幸助でいいよ」

「えっと、それじゃあ……幸助くん。よろしくね」

「よろしくね、潤叶さん」

せ……青春だぁぁぁあ！

まさか、こんなタイミングで青春を味わってしまうとは、職業体験お願いして本当によかった。

「ニアっち、今のセリフ録った？」「マスターノ青春ハシッカリト記録シテイマス」という声が微かに聞こえたので、後でニアの録音データは削除しよう。

「いやー、青春を謳歌してるところ申し訳ないんだけど、そろそろ会話に交ぜてもらってもいい？　そちらの黒猫くんとか白いカラスくんもそんな顔してるしさ」

声の方を向くと、申し訳なさそうな表情をしたウルフヘアの若い女性が立っていた。

「初めまして、私は犬井芽依《いぬいめい》。今回同行させてもらうフリーの術師だよ」

「あ、初めまして、結城幸助です。自分も一応フリーの術師です」

この人が今回同行してくれるフリーの術師さんか、快活そうな人だ。

そして犬井さんの言葉で気がついたが、今の青春の1ページはクロ達にもしっかり見られていた。恥ずかしい……。

リンだけはまだ眠そうにしているため、聞いていなかったようだ。

「あ、特に誰とも被らないけど、私のことは芽依さんって呼んでくれていいよ！」

早速盛大に弄られてしまった。そして、俺のことは「結城くん」呼びになった。

「にしても、遠くから見た時は幼女ちゃんと猫くんとカラスくん連れてるだけかと思ったのに、結構な大所帯だったんだね……不思議なものは流石に見慣れたと思ってたけど、こんなに驚かされるとは思わなかったよ」

「どうもすみません……」

そのままの流れでクロ達も紹介したのだが、芽衣さんの表情が引き攣ってしまった。大妖怪に式神にロボットに妖精に刀、流石に理解の範疇《はんちゅう》を超えていたらしい。

「とりあえず移動しよっか。車はこっちだよ」

今回の見回りでは、芽依さんが運転してくれるレンタカーに乗っての移動になる。

芽依さんは19歳の大学1年生で、運転免許も持っているそうだ。

「芽依さんは、大学生活とフリーの術師を兼任しているんですね」

「そうだよ。まぁ、術師の仕事は滅多にないけどね。たまーにこうして潤叶ちゃんのお父さんから依頼されたら手伝うって感じかな」

「いつからフリーの術師を続けているんですか？」

「ふっふっふ、こう見えてキャリアだけは結構長いのよ」

芽依さんは幼少期に霊感があり、幽霊なのか普通の人なのか判別できないほどはっきりと見えていたらしい。

その際、様々な悪霊に取り憑かれて大変な思いをしたのだが、水上家に仕える術師さんに結界術を教えてもらい、悪霊に脅かされない日々を手に入れたそうだ。

「今はもう霊感も消えちゃって幽霊とかは全然見えなくなったんだけど、毎日毎日悪霊相手に結界張り続けてたお陰で結界術だけは自信あるんだよね。だからこそ、せっかく手に入れたこの力を活かしたくてフリーの術師をやってるの。あの時助けてくれた水上家の人達への恩もあるしね」

芽依さんは笑いながらそう話してくれたが、きっと相当な苦労をしてきたのだろう。

俺も幽霊が見えるから分かるが、不快感しか湧かないような強烈な見た目をした幽霊もたまに見かける。あんなものに四六時中取り憑かれていたら、頭がおかしくなるかもしれない。

「芽依さんの結界術は本当に凄くてね。旭川を守ってくれてるワコさんっていう妖がいるんだけど、そのワコさんも認めるくらいの実力なんだよ」

「ほう、それは興味深いな」

潤叶さんの言葉を聞き、潤叶さんに絶賛撫でくりまわされているクロが反応した。

ワコさんという妖はクロの旧友で、結界術の相当な使い手らしい。そんな妖が認めるほどの結界術、是非とも見て学びたいな。

「いやいやいや、買い被りすぎよ。ワコさんに結界術教わったことあるけど、あの化け物結界術に比べたら私のなんて足元にも及ばないからね」

そう言いながら芽依さんはぷるぷると震え出した。何か、悪い記憶を蘇らせてしまったのかもしれない。

「それでも、芽依さんの結界術は並の術師を超えてるから、幸助くんも学べることは多いと思うよ」

「師匠、よろしくお願いします！」

「ふっふっふ、仕方ない。可愛い弟子に私の奥義を伝授してやろう。あ、ワコさんには芽依さんの弟子ですとか絶対言わないでね。まだ弟子を取るレベルじゃないとか言われてボコボコにされるから……」

ワコさんという妖はなかなか厳しい方らしい。

それと、芽依さんが絡みやすい人で本当に良かった。フリーの術師だから、無口な一匹狼キャラの可能性も考えていたので助かった。

「そろそろ到着するよ～」

そんな雑談を続けているうちに、芽依さんが運転する車は鬱蒼と木々が生い茂る森へと到着したのだった。

✦ ✦ ✦

森の入り口に車を停めてから歩くこと30分。

「まだ目的地、到着しませんね」

「ごめんごめん。さっきのは、車を停める場所に到着って意味」

「あはは、でも、目的地は本当にもう少しだよ」

芽依さんが「よーし、到着した～」と言って車を停めてからずっと山道を歩き続けている。

見事に騙された。

潤叶さんが言うにはもう少しらしいので頑張るとしよう。

「騙しちゃってごめんね。それじゃあ弟子の機嫌を取るために、師匠が結界術とは何たるかを教えてあげよう。潤叶ちゃん達も聞くかい？」

「聞きたいです！」

潤叶さんが少し興奮気味だ。芽依さんの結界術はそれほどのものなのだろう。

クロ達も興味があるようで、耳を傾けている。

「まず、結界術っていうのは術の中でも一番ベーシックな分類なの。なんでかは分かる？」

「うーん……簡単だから、ですか？」

習得能力が高すぎて難しいも簡単もないのだが、結界術は使える術の中で一番アレンジがしやすい。形を変えたり、硬度を変えたり、特殊な効果を付与したりなどだ。

さらに、媒介にするお札も体に術式を刻む必要もない。おそらく、術の中でも使うのが容易な分類なのだろう。

「大正解。結界術って結構簡単なのよ。それこそ、普通の人でも無意識に使えちゃうくらいね」

「普通の人でも使えるんですか？」

「そうだよ。例えば、心霊番組を見た夜に怖くて布団に包まった時、とかね」

「えっ、その程度で結界が発動したりするんですか？」

「それがしちゃうんだよね。部屋に閉じこもりたいと思いながら扉の鍵をかけた瞬間とかに発動することもあるみたいだよ」

何かから逃れたいと強く願ったり、恐怖から心を閉ざしたり。そういった思いが媒介となって結界が発動することがあるらしい。

「ま、そんな偶発的な結界にほとんど効果なんてないけどね。ほんのちょっと気配を薄くしたり、ちょこっと近寄り難い雰囲気出したり、悪霊がほんのちょっと嫌がったり、その程度の効果しかないわけよ」

「それでも偶発的に発動するくらい簡単なんですね。しかも効果も様々ですし」

「いいところに気がつくねぇ。その効果が様々っていうのも結界術のポイントなのよ」

術式を必要としない術には結界術や霊力糸以外に、霊力で身体を強化する身体強化があると
クロから学んだことがある。

それらの術も比較的簡単でベーシックな術ではあるのだが、結界術はそれらと違い、効果にアレンジが加わった上で勝手に発動するほど簡単らしい。

つまり、結界術は数多くある術の中でも最も容易で応用が利く術なのだ。

「潤叶ちゃんみたいに水の適性があれば水属性の結界なんかも作れちゃうし、形状や効果を変えれば攻撃にも使えちゃう。結界術っていうのは簡単な上に、何にでも使える万能の術なの

よ」

潤奈ちゃんが前に使っていた『霧幻結界』は、今芽依さんが話していた水属性の結界なのだろう。

「あれ？　でも、そんなに万能なら結界術だけ極めればよさそうじゃないですか？」

神前試合の時に気炎って人が『炎焼燃壁』という炎の壁を作り出していたが、結界ならもっと簡単に作れたのではないかと思う。

「さすが私の弟子だ、いい質問だね。実は結界には重大な欠点があるのよ。潤叶ちゃん、分かる？」

「消費霊力が大きいことですよね」

「正解。結界術って、燃費すんごい悪いのよね」

芽依さん曰く、自分の得意な属性術で壁を作るよりも、同じ強度の結界術の方が倍近く霊力が持っていかれるらしい。

「それと、実はもう一つ重大な欠点があってね。術を同時発動する時、結界術って結構脳の処理能力を持っていかれるのよ」

「処理能力ですか？」

潤叶さんがそう言いながら首を傾げている。この欠点は潤叶さんも知らなかったようだ。

「潤叶ちゃんの処理能力は化け物じみてるし、結界術はあんまり使わないだろうから気づかないのも無理ないわね。あくまでも私の体感だけど、結界術1つで似たような壁を張る術2つ分くらい、脳の処理能力が必要になるわ」

「結界術って、簡単なのに処理能力は必要なんですね」

「そうなのよ。おそらくだけど、形状とか効果をしっかりイメージする必要があるからかもね。曖昧なイメージのまま発動したらよく分からないふにゃふにゃの結界とかできちゃうし」

確かに、散炎弾は威力の調節だけを考えればよいが、結界術は大きさや形や効果などなど、色々と考えることが多い。

それが脳の処理能力が必要な理由なのかもしれない。

「つまり、結界術は霊力も倍くらい持ってかれて脳の処理能力も倍くらい必要になるパフォーマンスの悪い術なのよ。でも、私はその欠点をカバーする方法を身につけててね。それが、私がワコさんに認められた理由なの」

ワコさんの名前が出てクロの耳がピクピクしている。その理由には特に興味があるのだろう。

「霊力を回復する主な方法って幾つかあってね。美味しいもの食べたり、お風呂で寛いだり、爆睡したりすると回復が早いの」

「健康的ですね」

「実戦的な回復方法は、瞑想とか自分に合った属性の自然現象を感じるとかですけどね」

潤叶さんが笑いながらそう補足してくれた。

例えば、潤叶さんの場合は水属性との適性が高いため、川の近くや雨の日などは霊力の回復が早いそうだ。

「さっすが潤叶ちゃん。実戦的な回復方法は今補足してくれた通りなんだけど、例外も幾つかあるの。誰かから霊力を分けてもらったり、何らかの道具に霊力を保存しておいたりとかね。

そして、これもその例外の一つよ」

「うわっ、何ですかこの結界？」

芽依さんが見せてくれた結界は手のひらサイズの大きさで、複数の正方形が合わさった図形が常に動き続けている奇妙な形をしていた。

この形、昔漫画で見たことがある。たしか四次元立方体とかいう図形だ。

「凄い！　これが芽依さんの『補霊結界』なんですね！」

潤叶さんが大興奮だ。補霊結界？　というのか。

「この結界は周囲の空間から霊力をかき集めてくれるの。悪霊に取り憑かれて荒れてた時期に、『クソ悪霊どもとっ捕まえて塩漬けにしてやらぁ！』って思いながら作った『捕霊結界』っていうのがもとになっててね。ワコさんのアドバイスで色々改良したらこうなったの」

「苦労したんですね……」

明るく話しているが、霊感があったせいで相当な苦労をしてきたのだろう。

この結界は、そんな時代の努力の結晶らしい。

「ま、そんな経験のお陰でフリーの術師としてそこそこ活躍できてるから、今となっては良い思い出だけどね。話を戻すけど、幽霊の存在の根源も霊力だから、幽霊を捕獲できる結界は霊力を蓄えることもできる。どうせなら、常に周囲の空間から霊力を集めるようにすれば結界術の欠点である燃費の悪さを解決する手段になる。そんな考えから生まれたのが、この『補霊結界』なわけよ。捕霊結界が補霊結界になったわけだね」

芽依さんは笑いながらそう教えてくれた。

「補霊結界……これって、相当高度な術ですよね」

習得して改めて理解できる。流石に『無上・龍王顕現』や『無上・黄金巨兵《グレイテスト・ゴーガン》』ほどではないが、この結界は相当高度な術だ。発動中の脳の処理能力も相当必要だろう。

だが、芽依さんは山道を歩きながら平然とこの結界を維持している。ただの陽気な大学生かと思ったら、とんでもない実力者だった。

「本当にすごいよね。この結界は芽依さんとワコさんしか使えない特別な結界なんだよ」

「ふっふっふ、お姉さんを敬いたまえ若者達よ」

「流石っす師匠！」

「流石です芽依さん！」

俺と潤叶さんのヨイショでさらに機嫌が良くなった芽依さんは続きを話してくれた。

「というわけで、この補霊結界が霊力不足を補ってくれるんだけど、問題はもう一つあるよね」

「脳の処理能力ですよね」

「正解。それじゃあ、脳の処理能力をカバーするにはどうすればいいと思う？」

「霊力で脳を強化する、とかですか？」

例えば、俺なら強化の異能で思考を加速できる。

その状態であれば複数の高度な術を併用することも可能だ。

「それは良い考えだね。実際、そうやって術を併用してる術師もいるよ。でも、私は違う。そんなことをしなくても複数の結界術を併用できるわ」

「どうやってるんですか？」

「気合よ！」

「気合かよ！」とツッコミそうになったが、芽依さんの目は真剣だ。えっ、冗談じゃなくて、本当に気合が答え？

「結界術を覚えたての頃は霊が嫌がって近寄ってこない結界を四六時中張ってたの。でも、流石に寝てる時は無理でね……」

朝目が覚めると、ギトギトの油汚れの化身のような悪霊が至近距離で顔を覗き込んでいたり、布団の中にキモいおっさんの霊がギュウギュウに詰まっていたこともあったらしい。

聞けば聞くほど過酷な経験だ。

「結界を張ってから寝ればいいと思うかもしれないけど、結界っていうのは氷みたいなものでね。強力な結界はその分持続力も長いけど、弱い結界はすぐに消えてなくなるの。当時の私は年齢の割には霊力の量が多かったけど、日中はずっと結界を張り続けてたから、寝る前に一晩中持続する結界を張る余裕はなくてね。そんな時、思いついたのよ」

俺だけじゃなく、周りにいるクロ達も興味津々といった様子で聞き入っている。

その様子を見ながら、芽依さんは補霊結界を指先でくるくると回して結論を口にした。

「寝てる間も結界を張り続ければいいんだ！　ってね」

ネテルアイダモケッカイヲハル？

ちょっと何を言っているのか分からなかった。

「寝る前には、一晩中持続する結界を張る余裕はなかったんですよね？」

「そうよ。そんな強力な結界を張る余裕はなかったわ。でも、霊が寄ってこない程度の弱い結界を張り続ける余裕はあったの。だから、寝ながら結界を張り続けたのよ」

「……えっと、つまり、寝ながら結界を発動させてたってことですか？　結界を発動させるには強度とか効果とか大きさとかを考えなきゃいけないですよね？」

「そうよ。だから、寝ながら考えて発動し続けたの」

「「「「「!?」」」」」

俺だけじゃなく、クロ達も一様に驚いている。潤叶さんは知っていたのか、微妙な表情でこちらを見ている。

寝ながら結界発動？　と、とんでもない技術だ。芽依さんの言う荒技は俺にもできない。例えるなら、寝ながら同じ文章を繰り返し書き続けるようなものだろうか？　もう人間業じゃない。

習得能力をフルに発揮して練習すればできるかもしれないが、ちょっと挑戦するのも怖くなる技だな。睡眠障害になりそう。

ちなみに、家に張っている結界は力任せに張っているだけで、常時発動しているわけではない。数日で弱るため、そのタイミングで張り直しているのだ。

「そのお陰で、結界術に関しては無意識でも発動し続けられるようになったわけ。今は寝ながら2つまで発動できて、起きてる時は同時に10個はいける感じだね」

「幸助くん。勘違いしないでほしいんだけど、普通は結界術2つを併用できるだけで凄いって言われてるから。寝ながら術の発動とか誰もできないからっ」

おかしな常識を植え付けられそうになっている俺を、潤叶さんが訂正してくれた。

そうだよね、寝ながら術の発動とか、絶対おかしいよね。

「という訳で、『補霊結界』と『無意識下の術の発動』っていう技が使えるから、ワコさんが目を掛けてくれてるの。ちなみに、補霊結界は流石に無意識じゃ無理だし、これ使いながらだと10個同時は流石に無理ね。5個くらいが限界よ」

それでも5個って、とんでもないな。

クロも補霊結界をコピーできたようで同時発動を試しているが、まだ難しいようだ。

「芽依さんって、とんでもない人なんですね」

「いやいやいや、鏡を見なさい鏡を」

潤叶さんやクロ達の方を見ると同じような表情をしている。たしかに、俺も大概とんでもないね。自覚はちゃんとありますよ。

「ちなみに、私が常時発動してるのは、体に纏うように張っている『防御結界』、周囲を索敵してくれる『索敵結界』、攻撃に反応して防御してくれる『自動結界』の3つだね。色々試したんだけど、この3つが一番バランスよかったわ。こんな感じでっ！」

芽依さんはそう説明しながら、飛来した緑色の刃を結界で防いだ。

「笹の葉？」

飛んできた刃を見ながらそう呟いた。

ナイフかと思ったが、よく見ると鋭い笹の葉を霊力で強化して飛ばしてきたようだ。

「残念なことに、異常が起きてるみたいね」

「明らかな敵意を持った攻撃でした」

「直前まで気配を隠してたみたいだね。結界術っぽいな」

突然の襲撃に誰も驚くことはなく、笹の葉が飛んできた方を見ながら芽依さんと潤叶さんと俺はそれぞれの感想を呟いた。

実は、芽依さんが説明している途中から誰かが監視している気配には気づいていたのだ。もちろん、クロ達も気づいていたため、すでに全員臨戦態勢へと移行している。

「へっ？　何？　敵っ⁉」

訂正だ。ウルだけは気づいていなかったようで、キョロキョロと周囲を見回していた。

✦
✦
✦

陰陽術師の中でも相当な実力を持つ潤叶さん。寝ながらでも結界術を発動できる芽依さん。そして、あらゆる面でぶっ飛んでいるマイファミリーズと俺。

逆に問いたい。どれくらいの戦力ならこの布陣を崩せるのだろう？

「か、勘弁してください……」

目の前には、笹の葉を纏った猪がニアの霊力糸でぐるぐる巻きにされ、芽依さんの結界に閉じ込められている。

「結城くんの家族、頼もしすぎないかい？」

「自慢の家族です」

芽依さんが攻撃を防いだ直後、シロが音波で位置を特定し、リンが目にも留まらぬ速度で接近。ハリセンに変化したカルで戦意が喪失するまで叩き続け、最後はニアの霊力糸でぐるぐる巻きして決着がついた。

「え？　何があったの？」

超スピード解決。俺も潤叶さんも芽依さんもクロも、ただただ見ているだけだった。

ウルだけは、最後まで状況を把握できなかったらしい。

「さて、君は何者だい？　見たところ妖のようだけど」

「い、『猪笹王《いのささおう》』って呼ばれてるっす」

「猪笹王だと？」

猪の名前を聞き、クロが再び臨戦態勢に入った。

「ひぃっ！　い、猪笹王っていっても各地にある伝承の一つから生まれた若輩者っす！　『一本だたら』とか言われてる本物には遠く及ばない雑魚っす！」

クロの殺気を受け、猪が慌てて説明している。何があったのだろう？

「妖や妖精って、伝承とか知名度とか信仰心の影響で強力な個体が生まれることがあるの。猪笹王って、『一本だたら』とも呼ばれてる結構有名な妖だから、それで猫神様は警戒したんだと思うよ」

首を傾げる俺に、潤叶さんがそう説明してくれた。

霊力が溜まりやすい場所などの環境要因も必要だが、有名な伝承から生まれると強力な妖になることがあるらしい。だからクロが臨戦態勢になってたのか。

「それじゃあ、この猪って結構強いの？」

「ううん。たぶん弱い分類だと思う。一本だたらって伝承の多い妖なんだけど、各地で伝承が違っててね。派生した伝承から同じ名前の妖が生まれることもあるんだけど、そうして生まれると本来の伝承ほどの力はないの」

複数の伝承がある有名な妖は、伝承の数だけ同じ名前の個体が生まれることがあるらしい。その場合は力も分割されるため、強力な個体にならないそうだ。

「逆に、異なる伝承が混ざり合うことで無名ながらも強力な妖が生まれることもある。おそらく、儂はその類だろうな。各地の化け猫の伝承の一部が、何かのきっかけで混ざり合って生まれた存在なのだろう」

「なるほど、だからクロって強いのか」

潤叶さんの説明を補足するように、クロも妖の誕生について教えてくれた。

つまり、目の前の猪は名前ほど強くなくて、クロは化け物ということだな。

「とりあえず尋問の続きといきましょうか。それで？　どうして私達を攻撃したの？」

芽依さんの言葉で、再び猪への尋問が始まった。

「それは誤解です。攻撃する意思はなかったんす、ただ間違えただけなんですよぉ」

「嘘デス」

「嘘だな」

芽依さんの質問に平謝りしながら答えた猪の言葉を、ニアとクロが即座に嘘と断定する。

こちらには最強の嘘発見器が２人もいるのだ。嘘で騙すことは不可能に近い。

「潤叶ちゃん、注水しちゃって～」

「わかりました。水、流、『清流』」

結界に開けられた小さな隙間から、潤叶さんが陰陽術で水を入れ始めた。結界の中は徐々に水で満たされていき、霊力糸で簀巻《すま》きにされた猪は溺れないよう必死に頭を上げている。芽依さん考案の即席拷問だ。

こんな術の使い方もあるのか、勉強になるな。

「それで？　どうして私達を攻撃したの？」

「ごぼっ、じゃ、邪魔されたくなかったんす！」

「何の邪魔をされたくなかったの？」

「そ、それは……」

「潤叶ちゃん、注水量上げて～」

芽依さんの合図で潤叶さんがどんどん水を流し込んでいく。だが、表情は少し暗い。

こんな水責めのような拷問はする方も辛いのだろう。

「……猪、撫でたい」

違った。この猪を撫でられないことに不満があっただけのようだ。

「ほれほれ、早く言わないとこのまま火にかけて猪鍋にしてやるぞ～」

「言います！　言います！　実は……」

「キャッチ！」

次の瞬間、森の奥から尋常ではない速度の槍が結界へ向けて飛来した。しかし、結界に刺さる寸前でリンが掴み取ったため、被害は皆無だ。

というかリン、いつの間にそんな逞しくなったんだい？　その技、俺もできないんだけど？

「防がれるかな〜と思ってはいたけど、まさか掴み取られるとは思わなかったよ。やるね君」

槍の飛んできた方から、リンと同い年くらいの女の子が歩いてきた。

口ぶり的にこいつが槍を投げてきたのだろう。

「この猪のお仲間かな？」

「ふんっ、そのバカ猪の仲間と思われるのは癪だけど、そいつにはまだ仕事があるの。返してよそれ」

「いやぁ、そう言われて素直に返すわけにはいかないでしょ」

「ふーん、そう。じゃあ力ずくで返してもらうわ」

芽依さんの言葉に少女がそう返すと、リンが掴んでいた槍が消え、再び少女の手元に現れた。

同時に、莫大な霊力と殺気が槍使いの少女から放たれる。この少女、とんでもなく強……横から別の殺気!?

「潤叶さん!?」

「……ごめんね幸助くん。この妖は、私が殺す！」

そう言いながら、尋常ではない殺気を放った潤叶さんが駆け出していった。

予想だにしない状況に、クロ達も芽依さんも驚いている。まずい！　反応が遅れた！

「リン！　フォローして！」

「わ、わかったー！」

一番足の速いリンにそう指示を出し、俺は遠距離からの援護に思考を切り替える。だが、先に駆け出した潤叶さんにリンが追いつけない。

潤叶さんはリンとほぼ同じ速度で駆けている。

「凄い速さだ、何だあれ？　霊力で身体能力を強化してるのか？」

「それだけではないな。人体の水分を強制的に操作して肉体の限界を取り払っているのだろう。水上家に伝わる禁術の一つだ。早く止めねば命に関わるぞ」

クロがそう説明してくれている間に、潤叶さんが槍使いと接敵した。

「水、槍、撃、『連水槍』！」

「おお！　あなたも槍使い？　いいねいいね！　やろうやろう！」

「黙りなさい！」

潤叶さんは3本の水の槍を作り、まるでジャグリングをするかのように槍を持ち替えながら次々と攻撃を加え続けている。凄い技だ。完全に潤叶さんが押している。

だが、このままではまずい！

「あの術ヤバすぎだろ、数分も保《も》たないぞ」

習得能力による分析で分かったが、潤叶さんの施している強化は数分もしないうちに体中の血流が乱れ始め、内出血や血栓が多発して死に至るようなものだった。

あまりにも危険だ。早く止めなければっ！

「やっと追いついたー！」

「あなたの相手は私が引き受けよう」

リンがフォローに入ろうとした瞬間。木陰から大太刀を持った長髪の男性が現れ、リンと刀を交えた。

くそっ！　ここで新手かよ！

「クロ、シロ、合わせろ！『溶解』！」

「擬似・『捕縛』！」

「カカーカ！」

地面に手をつき、戦闘が行われている場所までの一帯を泥沼に変えると同時に、クロが前方で戦っている潤叶さんと槍使いと大太刀使いの３人を捕縛。続けてシロが衝撃波を放ち、槍使いと大太刀使いを吹き飛ばした。

咄嗟だったが、クロとシロは俺の気持ちを汲んで完璧に合わせてくれた。流石だ。

「リン！」

「りょーかい！」

溶解の異能で一帯は泥沼と化しているが、リンは足元から衝撃波を放つことで泥沼の上を走り、沈みかけている潤叶さんを回収して戻ってきた。

潤叶さんはクロの捕縛でうまく動けないようだが、禁術はまだ解いていないらしい。

「ごめん潤叶さん。男女平等拳《アッパーカット》」

顎下を撫でるように拳を走らせ、潤叶さんの意識を奪った。同時に術も解けたため、これで血流の乱れが起こることもないだろう。

にしても、男女平等拳を潤叶さんに使うことになるとは思わなかった……。

「ダメだ。気持ちを切り替えよう」

前方を見ると大太刀使いと槍使いは捕縛を自力で振り解き、すでに体勢を整えている。

クロの能力でもこんな僅かな時間しか抑えられないとは、相当強力な妖らしい。

「芽依さん、サポートありがとうございます。ニアとウルも、ありがとな」

「オ任セクダサイ」

「ご主人様達には指一本触れさせないよ！」

「弟子がこんなに頑張ってるんだから、サポートくらいはね」

後方を見ると、結界や霊力糸で拘束されている熊が抜け出そうと暴れている。

実は、大太刀使いが現れたと同時に10頭ほどの熊の群れも現れ、俺達に襲いかかってきていたのだ。だが、芽依さんとニアとウルが結界や霊力糸でそれを食い止めてくれていたのである。

「でもごめん。あの猪取られちゃった」

「いえ、俺達を守ってくれただけでありがたいです」

咄嗟の出来事だったため、芽依さんは猪を囲っている結界から一瞬視線を外してしまったらしい。その隙をついて熊の一頭が結界を破壊し、猪を連れ去ったようだ。

それにしても凄い力だな。芽依さんの本気ではないとはいえ、猪を閉じ込めていた結界は相当な強度だった。それを破壊できるなんて、普通の熊じゃない。

「あれはたぶん、ケナシコルウナルペが操って強化している熊だね」

「けなしこるうなるぺ？」

「私達がこれから会いにいく予定だった、熊を操る妖だよ。最近は熊愛でながら大人しく隠居してるって聞いてたんだけど、あの大太刀使いと槍使いの仲間だったのかな？　ちょっと状況が把握できないね」

芽依さんが真剣な表情でそう説明してくれた。

どうやら、熊を操る妖もどこかに潜んでいるようだ。

「桂～、どうするの？」

「目的は果たしたが、なかなか魅力的な駒がいるようだ。少し様子を見ても面白いかもしれないな」

「ふふふっ、そうこなくっちゃ！」

桂と呼ばれた大太刀使いと槍使いの少女はやる気のようだ。

「それならこちらも望むところだな。クロ、潤叶さんの治療をお願いしてもいいか？」

「すでに始めておる。だが、後遺症も残さないよう治すにはしばらくかかりそうだ。サポートはあまりできん」

「サポートはいい、潤叶さんの治療に集中してくれ。こっちは俺達でやるから」

「彼奴《あやつ》らは、強いぞ？」

「分かってるよ。無理をするつもりはない。父さんと母さんにも無事でいてほしいって言われたからな」

思い返せば、今までの戦いは身代わり札を前提とした危ない立ち回りばかりしていた。もしかしたら、一度死んだ経験で危険と感じるラインがおかしくなっていたのかもしれない。

反省だな。

「芽依さん、これ貼っておいてください。身代わり札です」

「わぉ、とんでもないもの持ってるね……しかも5枚も」

芽依さんは身代わり札に驚きながらも、理由は聞かずにそれを貼ってくれた。

意識を失っている潤叶さんにも貼っておく。もちろん、俺やクロ達にも増量しておいた。

だが、これはあくまでも最終手段だ。身代わり札の発動を前提に戦うつもりは毛頭ない。

「芽依さん、俺達全員を守ることってできますか？」

「固まっていてくれるなら余裕よ。どんな攻撃でも防いでみせるわ」

本当かどうかは分からないが、この森が消し飛ぶような攻撃でも1回だけなら防げるらしい。

頼もしい限りだ。

「こっちは潤叶さんと治療に集中しているクロを守りながらの戦い……相手はどう見ても接近戦が得意……こっちの方が数は有利だけど、乱戦は危険だな……」

静かにそう呟きながら、状況を冷静に分析していく。

そういえば、熊を操る妖や逃げた猪以外の敵が潜んでいる可能性もあるな。数の有利も見かけだけだろう。

「作戦とかはあるの？」

「守りを固めながら問題を一つずつ解決していこうと思います」

まずは味方の数を増やすか。

「『愚者の大軍《アーミーオブフールズ》』」

そう呟きながら拘束されている熊に向けて魔力を注ぎ込むと、目の色が変わり敵意が消えた。

無事に支配下に置けたようだ。

よし、次は援軍対策だ。

✦　✦　✦

「まるで地獄だね……」

芽依さんが目の前の状況を見ながら、引き攣った笑みを浮かべてそう呟いた。

今回の作戦のコンセプトは、安全第一。

まず、敵の増援が邪魔してこないように、そして主犯格らしき2人を逃さないように、辺り一帯を単純に分厚くてただでかいだけの『巨大結界』で囲んだ。

次に相手の機動力を奪うため、結界内の地面のほとんどを『溶解』の異能で泥沼と化し。

さらに万全を期すため、ウルの『製鉄工場《アイアンファクトリー》』によって砂鉄から作製した武具で熊を完全武装させ、ニアの操作で達人級のカンフーベアへと変貌させている。

ちなみに、戦っている熊の足場は結界を張ることで補っている。もちろん、その結界に敵が乗ってきたら即座に消して泥沼へドボンだ。

当の俺達は芽依さんが作り出した無数のブロックでつくったレンガ造りの家のような結界に守られているため、相手は手出しできない。

また、結界は芽依さんの意思で隙間を作れるので、タイミングを見計らってシロとリンが遠距離攻撃を仕掛けている。

ここに『玩具』の異能で土人形を大量投入したいところだが……流石に戦場が荒れそうなのでひとまず保留だ。

「えげつないコンボだね……これ、相手の立場なら絶望しかないわよ」

「いえ、まだ油断できません」

足場は泥沼、達人級の武装熊による攻撃、時折飛んでくる斬撃と衝撃波。確かに相手にとっては絶望的状況なはずだが、ここまでやってもまだ倒しきれていない。

さすがに防戦一方な様子ではあるが、この状況で泥沼に浮いている木々を足場にしながら攻撃を躱《かわ》し続ける実力は恐ろしいものがある。

「このまま体力を削り続けるか、更にもう一押しするか……」

既に『無上・黄金巨兵《グレイテスト・ゴーガン》』の詠唱は終了しているため、いつでも発動できる状態にしてある。

だが、黄金巨兵の攻撃で森にどれだけの被害が出るかが心配だ。ただでさえ溶解でこの一帯を泥沼にしてしまったので、これ以上の自然破壊は避けたい。

「カカーカカ」

「え、良い作戦があるって？」

シロがとっておきの小技があると言ってきた。うまくいけば決定打を与えられるそうだ。

「分かった。それじゃあシロに任せてもいいか？」

「カカーカ！」

「任せて！」と伝えるようにシロは鳴き、リンと何やら打ち合わせを始めた。

「今の鳴き声で何言ってるか分かるんだね」

「最初の頃は分からなかったんですけど、今は長文でも問題なく理解できます。驚きました？」

「いや、目の前の状況にも驚きすぎて、もう驚き疲れたかな」

乾いた笑みを浮かべながら芽依さんはそう言った。突然の襲撃でだいぶお疲れのようだ、早くこの戦いを終わらせるとしよう。

「カー……」

次の瞬間。シロがとっておきの小技を仕掛け、相手の手足が斬り飛ばされた。

✦　✦　✦

時は数分前。

「まるで地獄だな」

「なに冷静に呟いてんのよ！　ひいっ！」

桂《けい》の言葉にそう答えながら、香《かおり》は泥沼に浮いた木々を足場にし、鉄の鎧で武装した熊の攻撃を躱していた。

「にしても本当に地獄ね。一体幾つの術を発動してるのよ！」

「くるぞ！」

桂の言葉で香が伏せると、頭上を斬撃が通過した。直後、２人が足場にしていた木を破壊するように衝撃波が着弾し、２人は別の木へと即座に移動する。

「退路は結界で塞がれて、足場は全部泥沼。そんな中で斬撃と衝撃波が飛んでくる。しかも熊は逆に操られてるし、いつの間にか鉄の鎧と爪で完全武装してるし、なんか達人みたいな武術使ってくるし！　何よこの状況!?」

「加えて言うなら、こちらの攻撃はあの女の結界で完全に防がれている。攻め手はない状況だな」

「だから何冷静に呟いてるのよ！　ひいっ！」

香は冷静な桂にそう言い放ちながら、飛んでくる斬撃を器用に避《よ》け続けていた。

「この巨大な結界のせいで森の中に配置しておいた駒からの援護は期待できない。このままではこちらが負けるか」

「もういいじゃない！　駒使って逃げようよ桂！」

「いや、まだだ。この巨大結界を破れる駒は貴重だ。それに、これほどの強者であれば我らの王が進む道に立ちはだかる可能性が高い。ここで限界まで相手の手を見ておくべきだ」

「まだ楔《くさび》の準備もできてないのに死にたくないよぉ～、ひいっ！」

桂と香の2人は軽口を叩きながらも、達人級の熊の攻撃をいなし、時にはわざと殴り飛ばされることで別の足場へと移動しながら現状を維持し続けていた。

「くるぞ」

「これが一番厄介なのよ、ねっ！」

そして、時折飛んでくる斬撃と衝撃波も躱し、再び別の足場へと着地する。

「流石に足場も減ってきたし、そろそろ逃げようよぉ～！」

「確かにな。これ以上ここにいても、新しい手は見られそうにないか……」

「桂！　後ろっ！」

「なに!?」

香の言葉を聞き、桂は咄嗟に振り向くが、背後には何もいない。

同時に横目で香を見やると、焦った表情で何かを叫んでいるが、声は聞こえない。

（しまった、騙されたか……）

桂がそう考えた瞬間、今までとは比較にならない数の斬撃が飛来し、２人の手足が斬り飛ばされたのだった。


シロの小技とは、相手の『声真似』と『消音』だった。

絶妙なタイミングで槍使いの声を消し、同時に「桂！　後ろっ！」という声を再現して発したのである。

さらに、この声は発声源を好きな場所に変えられるそうだ。そのため、桂という大太刀使いは横にいた槍使いから発せられた声だと疑わなかったのだろう。

そうしてできた隙をついて、リンが無数の飛ぶ斬撃を放ったのである。

「にしても、リンもちゃんと考えて斬撃飛ばしてたんだな」

本来ならリンは尋常ではない数の斬撃をほぼ同時に飛ばせるのだが、最後以外はあえて少なめに飛ばしていた。

相手を油断させるため、ここぞという時に備えて斬撃の数を抑えていたらしい。

「リンが考えたんじゃないよ、カルのアドバイスだよー」

「そうだったのか。カル、ありがとな。助かった」

「……」

感謝を伝えると、照れているのか刀に変化していたカルは暖色系の光を放っている。もちろん、シロとリンとニアとウルも存分に褒めてあげた。

にしても、カルは意外と策士だったんだな。知らなかった。

「結城くんもとんでもないけど、結城くんファミリーズもとんでもないわね」

「自慢の家族です」

「とんでもない家族だね……」と呟いているが、芽依さんも結構とんでもない。

シロとリンのタイミングに合わせてブロック状の結界に隙間を作りつつ、武術熊の足場にしている結界作りも、俺がミスした際は完璧にフォローしてくれていたのだ。

本当にとんでもない。

「さてと、それじゃあじっくり話を聞くとしましょうか」

目の前には、両手と両足を斬り飛ばされた大太刀使いと槍使いが転がっている。

こんな状態でも死に至ることはないようで、2人とも悔しそうな表情を浮かべながらこちらを睨んでいる。すごい生命力だ。

「そういえば、周辺に笹猪とかケナシコルウナルペはいた？」

「いえ、見つけられませんでした。他の仲間も潜んではいないみたいです」

この2人を倒した後、『玩具』によって作り出した大量の土人形と武術熊達で周辺を捜索したのだが、先ほど逃げた猪も他の仲間も見つからなかった。

だが、念のために巨大結界は解除していない。さらに四重結界を待機状態にしているので、備えは万全だ。

「それなら今度は邪魔されずに尋問できるわね。君達は何者かな？　なんで私達を襲ってきたの？」

「……どうやらここまでか、貴重な妖だが、仕方ない」

大太刀使いはそう呟くと、口から木の破片のようなものを2つ吐き出した。

「将棋の駒……？」

「『煙々羅《えんえんら》』、時間を稼げ。『鎌鼬《かまいたち》』、我々を連れていけ」

大太刀使いがそう命令すると、将棋の駒の1つから大量の煙が吹き出し、辺り一帯が一瞬にしてもやに包まれた。

「くそっ！『四重結界』！」

芽依さんと大太刀使い達を隔てるようにして四重結界を張ったのだが、こちらへの攻撃はないようだ。

「……!?　逃走かっ！『巨大結界』！」

次の瞬間、巨大結界の一部分が切り取られた感覚があった。

即座に切り取られた巨大結界を覆うようにして別の巨大結界を張ったのだが……間に合ったか!?

「……ギリギリ間に合わなかったみたいね。物凄い速さで遠ざかってる」

探知結界で気配を探った芽依さんがそう教えてくれた。

おそらく、巨大結界を切り取ったのは鎌鼬の能力だろう。もっと強度を上げておけば切り取られなかったかもしれない……。

そんな後悔を抱きながら前を見ると、うっすらと人の顔が浮かび上がった煙の塊がいた。たしか、えんえんらとか言ってたな。こいつも仲間の妖か。

「何をするにしても、まずはこいつを倒さないといけないみたいね」

「明らかに物理攻撃効かなそうですし、厄介そうですね」

目の前に顔はあるが、そこが本体かは分からない。周囲の煙が本体ということもあり得る。

シロ達もどう戦おうか悩んでいるようだ。

「先ほどの戦いでは何もできなかったからな。どれ、ここは儂がやろう」

潤叶さんの治療を終えたクロはそう言いながら煙の妖へと近づき、獅子の姿へと変化した。

「わぁ……」

クロの本来の姿を初めて見た芽依さんは、もう驚き疲れたのか反応が薄い。

「……すぐに送ってやろう」

クロがそう呟き、煙の妖を瞬殺した。

◆　◆　◆

市街地の廃屋へ逃げ込んだ桂と香は、使役している妖を食べることで失った手足の再生を行っていた。

「もぅ最悪。何よあの化け物集団……」

再生した腕と足の動きを確かめながら、香は不機嫌な表情でそう呟いた。

「術師共も妖が減っている事実に気づいたのだろうが……初手からあれほどの実力者を派遣してくることは流石に想定外だった。早く楔を作る必要があるな」

「本当はもっとたくさん楔作って、駒もたくさん集める予定だったのに、もう潮時ね……」

「まぁいいさ、駒集めは本州で百鬼夜行の準備をしている飛空《ひくう》も行っている。我々の最優先事項は楔を作ることだ。これから作る楔があれば、我らの王を封印している『果ての二十日』に亀裂を生じさせるだけの数は揃う。それさえ叶えば、王の復活という最終目的は果たせたも同然だからな」

再生した手足の動きを確認し終わった桂は、そう語りながら静かに拳を握り締めた。

「10年前と同じ轍は踏まん。忌々しい日本の陰陽術師共を叩き潰し、この世界に我々の敵などいないということを知らしめなければならない」

「そうね。そのためには果ての二十日の破壊が重要よ。バカ猪、本当に楔の数は大丈夫なんでしょうね？　あと1本で王の封印を解けるの？」

「それは大丈夫っす。王様を封印している果ての二十日は自分が封印されていたやつよりも強力ですけど、莫大な量の霊力を固めて作った楔がそれだけの数揃えば通用するはずっす。ただ……」

桂と香と共に、廃屋で身を潜めていた猪笹王は言葉を続けた。

「さっき桂さんが言ってたように、これから作る1本を合わせて、やっと亀裂が生じる程度っす」

「それでも充分よ。亀裂さえ入れれば、中にいる仲間の力で破れるわ」

手足の動きを確認し終えた香も立ち上がり、桂の後を追って廃屋の出口へと向かった。

「王の復活っすか……」

目の前にいる強大な2体の妖。そして、それと同等以上の力を持つ仲間と、それらを統べる王の存在。

「彼らが復活したら、本当にこの世界がヤバくなるかもしれないっすね……」

恐怖に負け、彼らに従うと決めた猪笹王は、自身で決めたその選択に僅かな後悔を感じていたのだった。

◆　◆　◆

「新しい家族を連れてきた翌日に可愛い女の子を2人も連れてくるなんて、こうちゃんも成長したわねぇ」

「それよりも母さん！　これが結界という術らしいぞ！　触り心地はガラスに近いな。だが、とても頑丈だ」

「凄い硬度ね。岩壁よりも硬そうだわ。現役時代に使っていたピッケルどこにしまったかしら？　ちょっと探してくるわね」

「僕も行くよ。仲良くなった民族に作ってもらった動物の骨の短剣がどこかにしまってあるはずだから、それを探したい」

部屋の外で何か良からぬことを企んでいる両親をスルーしながら、用意した座布団に座るよう潤叶さんと芽依さんに促す。

森での戦闘後。水上家に協力してくれている寺院よりもうちの実家の方が近かったため、とりあえずうちで作戦会議を行うことになったのだ。

しかし、美女２人を連れて帰るという状況に両親の好奇心が爆発したため、すぐさま俺の自室へと閉じ籠もり、扉の外へ結界を張ったのである。

そのお陰で両親の好奇心の対象が結界へと移ったので、しばらくは大丈夫そうだな。

「とても……ユニークなご両親だね」

「無理に褒めようとしなくていいですよ」

芽依さんの言葉にそう答える。

というか、この状況で出てきたユニークって褒め言葉じゃないな。

「あの、さっきは本当にごめんなさい。頭に血が上って、冷静になれなくて、みなさんに迷惑をかけてしまいました。本当にすみません」

目が覚めて落ち着いた潤叶さんが、そう謝ってきた。すでに潤叶さんを気絶させた後の状況も説明済みだ。

「大丈夫だよ。みんなも無事だったし。ただ、どうしてあんなに怒っていたのか話してもらうことはできる？」

「うん。というより聞いてほしいの。あの妖、『千年将棋』について」

俺の問いに答えるように、潤叶さんがとつとつと語り始めた。

今から10年前。東北地方の山奥で、４００年前に封印された強大な妖の討伐作戦が行われたそうだ。

その時の討伐対象こそ、今回俺達が戦った『千年将棋』という妖らしい。

「千年将棋は、その名の通り千年以上生きている大妖怪で将棋の駒を模した妖なの。心臓とも言える『王将』を中心として、将棋の8種類の駒を模した20体の妖で構成されているわ」

たしか、今回戦った2人は「けい」と「かおり」って呼び合ってたな。

その呼び方が桂《けい》と香《かおり》の漢字に当て嵌《は》まるなら、今回戦った2人は『桂馬』と『香車』を模した妖だろう。

あの2体でも相当強かったが、あんなのが他に18体もいるって恐ろしいな。

「それぞれの駒を模した妖だけでも相当強力なんだけど、一番厄介なのが千年将棋の能力なの」

「千年将棋の能力？」

「うん。彼らは、倒した妖を自分の駒として使役できるわ」

「「「「!?」」」」

「なるほど、あれが話に聞いていた千年将棋の能力だったのか……」

倒した妖を駒として使役する能力。

正確には、殺した妖を万全な状態で人形のように使役できるそうだ。

潤叶さんの説明に俺も芽依さんもシロ達も驚いていたが、クロだけはどこか納得した様子だった。

「儂が屠《ほふ》った煙々羅《えんえんら》という妖からは自我を感じなかった。体だけを無理やり動かされているような状態に感じたのだ。それ故に、早く弔ってやらねばならないと思ってな……」

煙々羅という妖は体が煙だったので厄介だとは思ったが、強いとは感じなかった。

そんな相手を全力で瞬殺していた光景は、普段のクロの行動から考えると少し疑問だったが、そういう理由があったのか。

それと、クロだけは千年将棋の存在をすでに知っていたらしい。札幌を守護するために10年前の戦いには参加しなかったが、何があったのかだけは聞いていたそうだ。

「猫神様がおっしゃる通り、千年将棋の駒になった妖に自我はありません。魂のない体を能力で操られている状態です」

「龍海から千年将棋の話は聞いていたが、まさか先ほどの妖がそうだったとは……それにしても、厄介な能力を持っているな」

「そうですね、あの能力は非常に厄介です。千年将棋がバラバラにするような形で妖を倒しても完全な状態に復元されて使役されるので、倒されること自体を回避しなければなりません」

クロの言葉に潤叶さんがそう答えた。

10年前の戦いでも使役された駒を救う試みは何度も行われたのだが、全て失敗したそうだ。

そして、一度死んだ者はどんな術や能力をもってしても生き返ることはないと、潤叶さんは言った。

「生き返ることはない……か」

結界を壊そうと何やら企んでいる両親の声を聞きながら、生き返ることができて良かったと改めて思う。

これからは精一杯、寿命が尽きるまで生きようとひとり静かに決意した。

「それで10年前の戦いなんだけど、妖の方々だけじゃなくて、戦いに参加した術師にもたくさんの犠牲者が出たの。当時の火野山家の次期当主や、五大陰陽一族の一角である金森《かなもり》家と土御《つちみ》門《かど》家の当主。そして、木庭家の当主を務めたこともある……私のお母さんもね」

母親を殺した妖。

それが、潤叶さんが我を忘れてあの妖を仕留めようとした理由だった。

重たい雰囲気の中、10年前に起きた戦いと千年将棋の説明は続いた。

◆　◆　◆

時は少し遡り、幸助一行と千年将棋の駒が戦いを繰り広げている最中。

水上龍海は自身の仕事部屋で調査隊から送られてきた報告書に目を通していた。

その報告書には、頻発する妖の失踪に違和感を覚えた龍海が、東北地方の山奥に封印されているある妖の調査を依頼していた結果が記載されている。

「やはり、果ての二十日から駒が逃げ出していたか……」

報告書を読んだ龍海は、最悪の予想が当たっていた事実に内心で焦りを感じながらそう呟いた。

日本に伝わる最強の封印術の一つ、『果ての二十日《はつか》』。強大な霊力を持った妖ですら身動き一つできなくなるほどの封印を施す強力な術である。

しかし、その名が示す12月20日だけは、封印された存在が自由に活動できるという大きな制約を備えた封印術でもあった。

「千年将棋はその日以外、身動き一つできる状態ではない。だからこそ、封印から抜け出した日付は12月20日とみて間違いないだろう……だが、その日は結界や封印術に特化した術師を全国から召集して千年将棋を抑えている。抜け出すのは不可能なはずだ……」

龍海はそう呟きながら報告書のページをめくる。

そこには、目視では確認できない『果ての二十日』の内部を複数人の探知系の術師が詳細な解析を行った結果が記されていた。

「果ての二十日の内部から3体の駒の霊力が消えている……か。霊力が消えた駒は、香車と桂馬が1体ずつと飛車が1体。この3体が封印から抜け出し、妖を狩っているとみて間違いないだろうな」

10年前。水上家の当主として最前線で戦っていた龍海は、千年将棋の恐ろしさを誰よりも知っている。

倒した妖を駒として使役する能力。

戦闘が苛烈になるほど、戦場が拡大するほど、千年将棋は強くなる。

あの妖が海を越え、海外の妖をも使役し始めれば、世界に脅威を振りまく存在にすらなり得るのだ。

「負の感情の溜まり場から悪意を持った大量の妖が溢れ出る現象、『百鬼夜行』。その予兆があるとの報告も受けていたが、千年将棋によって意図的に引き起こされていた可能性もあるな……すでに先手を打たれているわけか」

そう呟きながら考えをまとめた龍海は、今後の行動を決定した。

「まずは、失踪した妖の調査に向かった術師を呼び戻す必要があるな。調査チームは相応の実力者で固めてはいるが、それでも千年将棋の駒を相手にするのは危険だ」

駒が結界から抜け出した時期が去年の12月20日だと仮定すれば、すでに半年以上も各地の術師の目を掻い潜って活動を続けていることになる。

そのため、逃げた駒が調査に向かった術師と遭遇する確率は低いが、万が一を考えた龍海は任務中の全ての術師を呼び戻すことにした。

「潤奈とアウルには上級術師2人が同行しているが、呼び戻すべきだろう。潤叶には、犬井さんと結城くんと猫神様達が同行していたな……大丈夫ではあると思うが、こちらも念のため呼び戻すべきか」

他のチームと潤叶のチームの圧倒的な戦力差に苦笑を浮かべながらも、龍海は部屋の外で待機していた部下に調査中の術師を呼び戻すよう指示を出した。

「捜索と討伐は術師が揃ってからだな。次は千年将棋が封印から抜け出した方法の解明だが、こちらは国と協力する必要があるか」

千年将棋は国家存亡の危機を招く可能性もあるため、封印の管理は国が主体で行っている。

もちろん、五大陰陽一族からも人員を派遣しているが、封印の詳細情報は国が保管しているため、調査には国の協力が不可欠だった。

「すでに調査は始まっていると思うが、すぐに解明するのは難しいだろうな。何より、反対勢力の妨害が大きいだろう」

術師と関わる国家機関は一枚岩ではない。

自然的に出現する妖の存在を自然の摂理だと考える者もおり、それによって発生する被害は受け入れるべきだと主張する派閥も存在するのである。

「迅速に事を進めるためには、そういった連中を抑える必要があるな……ん？　到着したか」

来客の気配を感じた龍海は、事前に作成していた書類を机から取り出した。

「やはり備えは大切だ」

すでに後手に回った状況ではあるが、妖が行方不明になっているという情報を知った直後から、龍海は万が一に備えて行動を起こしていたのである。

「龍海様、お客様がお見えです」

「あぁ、入れてくれ」

龍海がそう許可を出すと、グレーの上下スウェットを着た2人の男女が入室してきた。

そして、その手には手錠が嵌められている。

「拘留所から寺に連れてこられるとは思わなかったぜ」

「もしかして、お寺の様式をした刑務所なのかしら？　日本は変わってるわね」

飄々《ひょうひょう》とした表情でそんな軽口を叩く2人の罪人。トウジョウとニケラは、隙のない佇まいで龍海の仕事部屋へと入る。

「ここは刑務所ではなく普通の寺院だよ。それよりもまずは自己紹介だね。私の名前は水上龍海。このお寺の住職をしている者だ」

「ほう、住職様ねぇ。拝んだほうがいいのか？」

「住職様への挨拶は、お布施をするんじゃなかったかしら？」

トウジョウとニケラは軽口を続けながらも警戒を強めていた。

ただの住職が勾留中の罪人を寺院に招待するなど、通常なら不可能である。

だが、それを可能にしている事実から、目の前の住職がその見た目と役職を遥かに超えた力を持つ存在であると2人は理解したためだ。

「早速だけど、君達にはこのリストにある人物の弱みを見つけてほしいんだ。必要な経費や道具は全てこちらで用意する。できるかい？」

そう言いながら、龍海は複数人の人物名と写真が載せられた資料をトウジョウとニケラに手渡した。

その資料に一通り目を通した2人は、僅かに首を傾げる。

「総理大臣を目指している……わけではなさそうね。政界で重要な立ち位置にいる人物だけじゃなくて、もう政界を引退した人物までいる……」

「俺はこういう策略めいたもんは苦手なんだ。あんたの目的は何だ？」

トウジョウの殺気を孕《はら》んだ質問を受けても、龍海は一切気にした素振りもなく言葉を続ける。

「残念だが、依頼を受けてくれるまで教えることはできない。でもその仕事を受けてくれるのであれば、目的を教えるだけじゃなく相応の報酬も支払うと約束しよう」

笑顔でそう提案する龍海の姿に、トウジョウとニケラは僅かな恐怖を感じた。

その見た目とは裏腹に、龍海からは鬼気迫る何かを感じとったためだ。

「相応の報酬ね。あなたに私達が求める報酬を用意できるの？　言っておくけど、お金には困ってないわよ」

「刑期の短縮もいらねぇな。次の目的が決まるまで刑務所でタダ飯食いながら過ごそうと思ってたところだ」

罪人らしからぬ発言を続ける2人の言葉を聞いても、龍海は表情を一切変えることはなかった。

2人はあえて挑発的な内容を口にすることで龍海の出方を窺っていたのだが、何の反応も引き出せなかったことに若干の不満を覚える。

「もちろん、報酬は君達の求めるものを用意するつもりだ。例えば……これの使い方とかね」

「!?」

「マジかよ……」

目の前に突然現れた青い梟。

一流のマジックの技術を持つジャスパと組んでいた経験から、2人はそれがタネや仕掛けのあるマジックではないことを瞬時に理解した。

「君達が知りたがっている世界の情報と、その世界の技術も報酬として支払おう。どうだい？」

今までの常識が崩れ去り、これからの人生が変わるであろう重大な選択。

だが、2人に迷いなど一切なかった。

「よろしく頼むぜ、ボス」

「よろしくお願いするわ」

そうして依頼の内容と目的を聞いたトウジョウとニケラは、事前報酬として渡された技術を握りしめ、仕事に取り掛かるため部屋を後にした。

「これで反対勢力は抑えられるだろう。すでに他の五大陰陽一族への連絡も済んだ。現時点で打てる手はここまでだな」

龍海はトウジョウとニケラに依頼内容を説明するのと同時に、別室にある人形《ひとがた》の式神を操作することで五大陰陽一族の当主間のみに情報を伝達できる特殊な術式を発動し、すでに今回の情報を全て伝えていたのである。

体を2つ同時に操作しながら別の対象と同時に会話するという離れ技ではあるが、龍海にとっては造作もない技であった。

「仇は、必ず取る……」

仕事机の脇に飾られている亡き妻の写真を眺めながら、龍海は静かにそう呟いた。

龍海の元へ潤叶のチームが千年将棋の駒と交戦したという情報が届いたのは、それからしばらくしてのことだった。

✦
✦
✦

千年将棋の主な能力は２つある。

「１つ目は最初に説明した通り、倒した妖を使役する能力です」

たとえ跡形もなくなるほどバラバラにされたとしても、千年将棋に倒された妖は完全に回復した状態で駒にされる。

さらに、使役した妖は将棋の駒のような形で保管できるだけでなく、千年将棋の各駒がどこからでも引き出せるらしい。そのため、桂馬や香車が単独で存在していても使役している無数の妖と対峙している前提で戦わなければならないと、潤叶さんが教えてくれた。

「今回戦った2体も使役している妖を召喚してたけど、まだまだたくさん召喚できるって考えたほうがいいのか……」

「うん。本州で行方不明になっている妖もいるから、その妖も召喚してくると考えたほうがいいと思う」

「他にも10年前の戦いで使役した妖もいるんでしょ？　相当強力な能力ね」

「でも、使役した妖を即座に召喚できるわけではないみたいで、一度駒の状態で口から吐き出す動作が必要なんです。隙と呼べるほどの時間ではないですけど、増援は口からしか出てきません」

なるほど、口元を見ていれば増援の出現は分かるのか。

千年将棋と対峙した時に潤叶さんが真っ先に突っ込んだのは、増援を呼び出す隙を与えないようにするためだったのかもしれないな。

「そして2つ目は、使役している妖を犠牲とした再生能力です」

千年将棋の駒達は腕や足を失ったとしても、それを補える量の妖を食べることで再生できるらしい。

さらに、王将以外の駒はたとえ倒されたとしても、失った駒と同等の量の妖を生贄にすれば復活させることもできるそうだ。

「そしたら、さっき戦った桂馬と香車はもう回復していると考えたほうがいいのか……」

「そうだと思う。復活は時間がかかるみたいだけど、再生は数秒で行えるっていう記録が残ってるの」

「口から駒の状態で使役している妖を出せるのなら、ほぼノータイムでその妖を食べて回復できる。厄介な相手だね」

つまり、倒すためには再生を超える速度で連続攻撃を仕掛けるか、ほぼ一撃で仕留める必要があるのか。

それでも時間をかければ王将から復活するし、大量の妖を使役してるし、単純に強い。厄介すぎるな。

「そういえば他の駒ってどこにいるの？　あと18体もいるんだよね？」

「10年前の戦いで千年将棋は仕留めきれなかったんだけど、東北の山奥に再度封印することはできたの。そのことでさっきお父さんから連絡があってね。その封印の調査を行ったら、桂馬と香車と飛車の3体が封印から逃げ出していたらしいわ」

ということは、さっき戦った2体は予想通り『桂馬』と『香車』だろうな。これで飛車だったら名前詐欺にも程がある。

他の駒が封印されているという事実にはとりあえず安心したが、まだ『飛車』が残っているわけか……。

「そういえば、五大陰陽一族の金森家が駒の1体を見つけたっていう連絡も来てたから、こっちにはあの2体しかいないみたいだよ」

「あ、そうなんだ。それならあの2体を見つけて倒すことだけに集中できるね」

倒した場合は封印術の中にいる王将の口から復活するそうなので、倒せれば強制的に封印術送りにできる。

再生されるのは厄介だが、倒せば即封印できるのは助かるな。

「とりあえず、以上が千年将棋の能力と現状で判明している情報です」

潤叶さんがそう締めくくり、説明は終わった。

だが、何か引っかかるな……。

「妖の使役と駒の再生と復活。千年将棋の能力って、それだけなの?」

「うん、確認されている情報はそれだけかな」

「なんか、不自然だね……」

「不自然?」

俺の言葉に潤叶さん達が首を傾げている。

「倒した妖を操るのは、取った駒を使える将棋のルールに準じてる。再生能力は少し無理やりだけど、本来の将棋なら使える駒は将棋の駒だけだから、取った駒を変換した結果が再生っていう形の能力になったのかなと思う」

「多少無理やり感はあるけど、一応将棋のルールに準じた能力になってるわけね」

「そうだと思います」

芽依さんの言葉にそう答えながら話を続ける。

「でも取った駒を使えるルールって将棋ならお互いに適用されるから、こっちが使えないのはおかしい気がするんです」

「んー、相手の得になるルールなんて残さないんじゃない？」

「うむ……あくまでも儂の経験則だが、遊戯を元にした能力は相手が有利になる決まりも能力に反映されることが多い。千年将棋が将棋の決まりに準じた能力であるなら、こちらも取った駒を使えると考えるのが普通だ」

俺と芽依さんが首を傾げていると、クロがそう教えてくれた。

昔、遊びを元にした能力を持つ妖と戦ったことがあるらしく、その時の妖は相手が有利になるルールすらも能力として発動していたらしい。

「他にも、将棋の駒って相手の陣地に入ったら『成る』ことができるから、それに準じた能力はないのかなって思って」

「実は幸助くんと同じ疑問を感じた術師がいてね。というより私のお父さんなんだけど、その疑問については何度も議論はされてきたの」

お父さんということは龍海さんか。やっぱり同じ疑問を感じる人はいるんだな。

「でも、実際に千年将棋の駒を倒してもこっちは使役できないし、10年前の戦いではあと一歩のところまで追い詰めたんだけど、『成る』のルールに沿った能力は確認できなかったの。だから、そういった能力が使える可能性は低いっていうことで意見はまとまったみたい」

「たしかに追い詰められても使わなかったのなら、そもそもそんな能力がない可能性の方が高いか……」

盤面のマス目が実際にある訳じゃないから、自陣と敵陣の概念も曖昧だもんな。

「そういえば、増援って来てくれるの？」

「今は術師を呼び戻している最中で、同時に本家の守りも固めないといけないので、術師の増援は早くても明日の昼頃になるみたいです」

芽依さんの質問に潤叶さんがそう答えた。

こっちの騒ぎは陽動で、水上家の本家を狙う可能性もある。確かに守りは必要か。

増援の到着は少し遅いと思ったが、これでも相当早く動いてくれているらしい。

「千年将棋の捜索は明日になりそうだし、今晩は固まって過ごしたほうがいいかもね」

「確かに、どこに潜んでいるか分かりませんものね」

芽依さんの言葉に潤叶さんが同意を示した。

本来であれば、潤叶さんと芽依さんは市内のホテルに泊まる予定だったそうだ。

「どうしましょうか。水上家に協力してくれている寺院に連絡してみます？」

「それがいいかもね。お寺なら結界張りやすいし」

「ちょっとまったぁー！」

「最後の方だけだけど、話は聞かせてもらったわ！」

今晩の宿探しが始まろうとした瞬間。俺の両親が部屋に突入してきた。

あれ？　結界は解除していないはずだ……どうやって入ってきたんだ!?

「ん？　結界なら、この短剣と母さんのピッケルで何度か叩いていたら割れてしまったぞ」

「壊しちゃってごめんなさいね。思ったよりも脆《もろ》かったわ」

いや、そんなはずは……本気で張ってないとはいえ、厚さ数センチの鉄板くらいの強度はあったはずだ。

どんなに頑張っても、動物の骨でできた短剣と市販のピッケルで壊せるような強度じゃない。

「あの短剣とピッケル……何やら異様な気配を感じるぞ」

「カカーカ」

「カルト似タ気配ヲ感ジマス」

クロとシロとニアが何かを感じたようで、小声でそう教えてくれた。

たしかに不思議な力を感じるが、習得能力で調べてみても馬の骨の短剣とアルミや鉄でできたピッケルということしか分からない。

「カルがまだ子供っていってるー」

「子供？」

「あの道具、魂が宿り始めてるみたいだよ。私達と同じ、精霊っぽい雰囲気も感じるもん」

ウル曰く、この2つは魂が宿り始めたばかりの道具らしい。だからカルが「まだ子供」と言ったのか。

骨董品としてカルを集めていたお爺ちゃんといい、異世界転生されなかった俺といい、うちには不思議を集める血が流れているのかもしれない。

「よく分からないけど、これは当時有名だった登山用品メーカーのピッケルよ？　買ったのはもう30年くらい前かしら」

「これはギリシャの奥地で迷子になっている時に出会った、ラピテース族という民族からもらった短剣だ。いやぁ、とても気持ちのいい人達だったよ」

母さんのピッケルは30年前のものとは思えないほど綺麗で、汚れどころか傷一つない。まるで新品だ。

骨の短剣の方は切れ味が悪そうなのに、昔を思い出して頬擦りしている父さんのもみあげの一部を削り取っている。

引き攣った笑みを浮かべていると、長い間大切にしてきた物には魂が宿る場合があるとクロが教えてくれた。

「潤叶さん、あの道具って……」

謎の道具達についてもっと詳しく聞きたいと思い潤叶さんと芽依さんを見ると、驚愕に目を見開いて放心していた。

聞ける状態ではなさそうだ。

「そんなことよりもだ。泊まるところがないならうちに泊まるといい！」

「そうよそうよ。部屋も余ってるから、ゆっくりしていって」

「えっと……泊まらせていただいてもいいんですか？」

「いいともいいとも！　2人は幸助の学校のお友達なんだろう？　大歓迎だ。是非とも学校の話を聞かせてくれ」

「あー、私は同じ学校じゃなくて仕事仲間みたいな感じなんですけど……」

「あら、こうちゃんのお仕事の話も是非とも聞きたいわ」

こうして潤叶さんと芽依さんは実家に泊まることになり、両親の好奇心の餌食となることが決定してしまった。

すでに両親からの怒濤の質問攻めが始まっている。

「潤叶さんは……大丈夫そうだな」

母親の仇である千年将棋の件もあるので少し心配だったが、うちの両親の質問攻めにも楽しそうに付き合ってくれている。

思うところはあるかもしれないが、楽しんでくれているなら何よりだ。

ちなみに、芽依さんはすでに疲労が現れ始めている。

「しまった！　晩御飯の用意がまだだった。お弁当屋さんのオードブルって今から注文しても間に合うだろうか？」

「ダメならまたお寿司でもとりましょう」

「「お寿司ー！」」

連日で出前なんて贅沢は普段ならできないため、リンとウルのテンションが高い。

結局、両親の持っていた謎の道具のことは聞けずに夜は更けていったのだった。

✦
✦
✦

中国・近畿地方一帯を守護する五大陰陽一族、金森《かなもり》家。

その支部がある兵庫県神戸市のオフィスビルの一室では、まだ年端も行かない金髪ツインテールの少女が手元の資料を見ながら表情を歪め、その側では妙齢の女性が別の資料を整理していた。

「妖が失踪した時期、探知に引っかかった強力な妖の反応……千年将棋の一駒がここら辺で暴れてるんは間違いないみたいやな。とんだ外れクジやで」

苦虫を噛み潰したような表情を浮かべながら、金森家の現当主であるその少女、『金森叶恵《かなもりかなえ》』は言葉を続ける。

「龍海さんから送られてきた資料やと、北海道で確認された駒は『桂馬』と『香車』で間違いないみたいやな。せやったら、こっちで悪さしてるんは『飛車』で確定か」

龍海から送られてきた資料に目を通し終えた叶恵は椅子の背もたれに体重を預け、穏やかな表情で寛《くつろ》ぎ始めた。

「まぁええわ。すでに三間根《みまね》を向かわせとるから何とかなるやろ」

「叶恵様。三間根は術師として活動を始めてからまだ2か月も経っていません。本当に彼に任せて大丈夫なのでしょうか?」

寛ぎ始めた叶恵に厳しい表情でそう口にした妙齢の女性は、金森家の筆頭陰陽術師である地《ち》崎千里《さきちさと》であった。

「三間根の術師としての腕はすでに一流……いや、それ以上や。千年将棋の能力を加味しても後れを取るとは思えん。それに、あいつの本当の実力を測る良い機会や」

「それはそうですが、叶恵様はまだ三間根を疑っていらっしゃるのですか？」

「そりゃそうやろ。あいつの経歴どうなってんねん。違和感しかないやろ。訓練中もいつも余裕ぶった表情しとるし、絶対実力も隠しとるわ」

彼女達が話す三間根という青年は、2か月ほど前に金森家へ見習いとして入ったばかりの術師である。

異常に飲み込みが早く、金森家の筆頭陰陽術師にも迫る勢いで成長を続けている期待の新人でもあった。

ところが、そんな彼の経歴に叶恵は大きな違和感を覚えていたのだ。

「家庭環境が複雑でまともに義務教育を受けとらんくて、親戚は妹以外みなおらんくなってて、最終学歴である定時制の高校はすでに潰れとる。結局のところ、三間根には友人も妹以外の親戚もおらん。妹と役所の資料以外にあいつの経歴を知る手立てがないなんて、どう考えてもおかしいやろ」

「確かに違和感はありますが、戸籍はしっかりとしたもので辻褄は合っています。それに、妹さんは可愛いです。考えすぎでは？」

「お前は三間根の妹を気にいっとるだけやろがい！」

背は小さく、快活で性格が良く、何より顔が可愛い。

可愛い女の子を愛でるという危ない趣味を持った地崎にとって、三間根の妹はドストライクな存在であったのだ。

「そもそもあの兄妹、全然似てへんしな。血の繋がりからして怪しいわ」

「逆にそこまで怪しまれているのに、なぜ三間根を任務へ向かわせたのですか？　実力を測るためとはいえ余りにもリスクが高いと思うのですが」

千年将棋の持つ『倒した妖を駒として使役する能力』は、時間が経つごとに脅威度が増していく。

そのため、今回の千年将棋の討伐は重要度の相当高い任務であり、信頼と実績を兼ね備えた術師を向かわせるのが普通であった。

「まぁ、一番の理由は人手不足やな。このタイミングでの地脈の異常。おそらく、こっちの人員を割くために飛車がなんかやったんやろ」

「そうでしょうね。あまりにもタイミングが良すぎます」

現在、金森家の術師の多くが京都府を流れる地脈の異常に対応すべく奔走していた。

そのため、千年将棋に即座に対応できる術師は限られていたのである。

「使えるもんは何でも使う。それがうちのやり方やからな！」

（かわいい……ツインテール美少女上司、良いわね）

自信満々にそう言い放つ叶恵の姿を見ながら、地崎は真面目な表情で別のことを考えていた。

「……ちゃんと聞いとるんか？」

「聞いております」

「……まぁええわ。にしても、こいつらは本当に何者なんやろなぁ」

『三間根トウリ』と『三間根ユイ』の情報が記載された資料を眺めながら、叶恵は静かにそう呟いたのだった。

✦　✦　✦

「天気も悪いし空気も悪い、最悪な朝だな」

まだ日が昇り始めた早朝。

両親以外のみんなは、この異様な雰囲気を感じ取ってすでに起きていた。

「うわぁ、暗いね〜。あと眠い」

「くらい〜、ねむい〜」

ウルとリンはまだ眠たそうだ。目を擦りながら眠気を覚ましている。

「にしても、本当に嫌な雰囲気だな」

空は曇天で薄暗く、空気も重い。

住んでいた時にもこんな異常は感じたことがない。

「滝川市って……普段からこんな感じじゃないよね？」

「さすがに普段からこんな雰囲気じゃないよ。そもそも、今日の予報は晴れだったはずだし」

潤叶さんにそう言葉を返しながら、『強化』の異能を使って感覚を研ぎ澄ませてみる。

心なしか、普段より空気中の霊力が多い気がするな。

「この空気の重さって霊力が原因だったりする？」

「おそらくそうだと思う。前に霊力の溜まり場の調査をしたことがあるんだけど、その時と同じ感じがするの」

潤叶さんが髪をかき上げながらそう教えてくれた。

この異様な雰囲気も予想外の天候の変化も、高濃度の霊力が原因らしい。

というか、髪を簡単に整えただけなのに潤叶さんの美人オーラって凄いな。ファンクラブができるのも納得だ。

「目の保養中に申し訳ないんだけど、ご実家に結界張り終えたわよ」

「は、はいっ！　ありがとうございます！」

ニヤニヤとした笑みを浮かべながら芽依さんがそう報告してきた。

家の安全を確保するため、芽依さんには結界を張ってもらっていたのである。

「目の保養？」

「な、何でもないよ」

潤叶さんは俺の邪《よこしま》な視線に気づかなかったらしい。助かった。

「……見つけたぞ。ここから南東へ少し向かったところに異常な霊力の気配を感じる。そこがこの異様な雰囲気の発生源のようだ」

そんな雑談を交わしていると、クロが『擬似・感知』でこの異変の発生源を特定してくれた。

この異常事態を察してすぐに、クロは原因の探索を行ってくれていたのである。

「クロサン、コノ地域ノ地図デス」

「ありがとうニア。反応があった場所は、ここだな」

スマホモードのニアが地図アプリを開き、クロがその位置を指し示した。

ここは――

「――百年記念塔か」

「百年記念塔？」

「滝川市の開基百年記念だかで建てられた塔でね。60メートル近い高さで展望室もある建物なんだけど、とっくの昔に閉館して誰も入れなくなってるんだ。俺が生まれる前の話だから詳しくは知らないんだけどね」

「この街の象徴的な建物だけど、すでに廃墟になっているってこと？」

「そんな感じかな」

潤叶さんにそう伝えると一変して厳しい表情となり、何かを考え始めた。芽依さんも似た表情をしている。

何があったのだろう？

「あ、説明もしないで考え込んじゃってごめんね。実は、廃墟みたいに人の思いが集まりやすい場所は霊力の溜まり場になることが多いの」

廃墟の存在は少なからず人の気を引く。そこから発生する噂話がさらに多くの人の気を引いて思いが集まると、霊力の溜まり場となるそうだ。

「学校とか病院は地元の人の思い出に残りやすいし、廃墟になると興味の対象にもなりやすいから、とんでもない霊力の溜まり場になることがあるのよ。悪霊もわんさか寄ってくるから、小さい頃は廃墟見てよく吐いてたわ」

芽依さんが辛い過去と共にそう教えてくれた。

まだ目を凝らして廃墟を見たことはないが、見る機会があれば吐かないように気をつけよう。

「その流れで考えると、この街のシンボルのような建物なのに相当前から使われてないなんて、霊力が集まる条件としては最適なのよ。たぶんだけど、とんでもない量の霊力が溜まってるわ」

「溜まってるとまずいんですか？」

「ただ溜まってる分には問題ないんだけど……悪用されたらまずいのは確かね。ただ、そう簡単に利用できるものじゃないはずなのよね」

芽依さんの『補霊結界』もそうだが、自然界の霊力を扱うには相当慎重な操作が必要らしい。

莫大な量の霊力ともなれば常軌を逸した集中力と相応の術式が必要だとも教えてくれた。

「溜まった霊力で何かをするのは難しいけど、何かされたら相当やばいってことですか」

「そういうことよ。でも実際にヤバそうな事態が起こってるし、このタイミングってことは絶対に千年将棋が原因でしょ。だからこそ、何をしようとしてるのか私も潤叶ちゃんも考えちゃったのよね」

昨日の今日という関連性しかないタイミングでの異常事態。

戦ってる最中も楔がなんちゃらとか言ってたし、間違いなく犯人は昨日戦った千年将棋の駒だろう。

みんなもそう確信しているようだ。

「霊力の溜まるところでは何かのきっかけで強大な妖が生まれることもあるので、意図的にそういった妖を生み出して使役しようとしてるのかとも思ったんですけど……リスクが高い気がするんですよね」

潤叶さん曰く、自分達を圧倒した相手がまだ街にいる可能性が高いのに、大妖怪を生み出そうとするのは妨害されるリスクがあまりにも高いという考えのようだ。

確かにそれは思う。俺が相手の立場なら、別の街に逃げてから戦力を整えようと考える気がする。

「つまり、俺達に倒される覚悟で成し遂げなきゃならない目的が相手にあるわけか……」

「目的の内容は想像つかないけど、碌《ろく》な内容じゃないのは確かでしょうね」

「時間との戦いですね。急いだほうがよいと思います」

芽依さんと潤叶さんとそう話し、水上家からの応援を待たずに百年記念塔へ向かうことに決めた。

ちなみに、起きてすぐに潤叶さんが龍海さんへ連絡してくれたのだが、どんなに急いでも増援到着まで2時間はかかると言われたそうだ。

「増援が到着するまで絶対に動かないように！」という指示も来ていたのだが、待っているほうが危ない気がするので先に行かせてもらう。

「早朝で道も空いてるだろうし、ここなら車で10分もかからないわね。準備はいい？」

「大丈夫です」

「問題ないぞ」

「カカーカ」

「だいじょぶー」

「大丈夫デス」

「大丈夫だよー」

芽依さんの問いかけに、俺とクロ達が次々と答えていく。そして――

「潤叶ちゃんも、準備はいい？」

――みんなとは別に、潤叶さんにだけそう問い掛けた芽依さんの言葉。

その問いには、単純に支度を終えたかという意味だけではなく、母親の仇を前にして冷静でいられるかという精神的な覚悟の確認も含まれているのだろう。

「……正直、千年将棋を前にすれば冷静ではいられないと思います。この10年間、陰陽術師として努力を重ねてきた理由の大部分は、母の仇を取るという目的のためだったので」

潤叶さんが顔を少し俯かせながら語ってくれた。

母親の術師としての姿にどれほど憧れ、人としてどれほど尊敬し、家族としてどれだけ好きだったのかを……。

「この10年間抱え続けた恨みや憎しみは、千年将棋を倒すまで消えません。でも、昨晩幸助くんのご両親とお話しして思ったんです。私がお母さんのことを大好きだったように、お母さんも私のことを思ってくれていたんだろうなって……」

息子の学校の同級生で、学校のマドンナで、一流の陰陽術師。うちの両親が興奮する要素満載の潤叶さんは、昨日の夕食時に誰よりも両親の餌食になっていた。

だが、その時の話題のほとんどが俺の学校生活に関する内容だったらしい。

幸助は友達とうまくやれているか。こうちゃんは誰かに迷惑をかけていないか。そんなことをたくさん聞かれ、うちの両親がどれだけ俺のことを思ってくれているかを感じたようだ。

なんか……恥ずかしい。

「もちろん、そんな理想的な親ばかりじゃないのは理解しています。でも、私のお母さんは間違いなく、私と潤奈のことを今でも大切に思ってくれている。もちろんお父さんも、私達の無事を願ってくれている。それだけは確信できるって、改めて分かりました」

そう話し、潤叶さんは顔を上げ、強い眼差しで俺達を見つめた。

「だからもう、自分を顧みないような行動はしません。大丈夫です！」

完全に吹っ切ったわけではないだろう。というより、吹っ切れるようなことじゃない。

それでも、潤叶さんの目は復讐や憎しみで濁ってはいない。本当に大丈夫そうだ。

「よし、それじゃあ出発しようか！」

まだ両親は寝ているため、家から出ないようにと書いた置き手紙を残して出発することになった。

家には芽依さんの結界も張ってあるし、寝ている両親にはこれでもかというほど『身代わり札』を貼っておいたので、何か起きても大丈夫だろう。

ちなみに、潤叶さんと芽依さんにも大量に渡してある。

「そういえば昨日聞こうと思ってたんだけど、大量に持ってるその身代わり札って……盗んだわけじゃないよね？」

「違います違います！　自作です！」

「じ、自作なの……!?」

「自作……!?」

運転中の芽依さんの質問にそう答えると、芽依さんだけでなく潤叶さんまでもがこの三連休で一番の驚きを見せていた。

「幸助くん、身代わり札がどれほど貴重なものか知ってる?」

「一応は……知ってるつもりかな。神前試合の時の説明もちゃんと覚えてるし」

「ふふっ、そういえば私が説明したんだったね」

神前試合に仮面の術師として参加した際、潤叶さんが身代わり札の説明をしてくれたのだ。

懐かしいな。まだ3か月くらいしか経ってないけど。

「そしたら改めての説明になるけど、身代わり札は本当に貴重なの。身代わり札の保管庫が襲撃されたり、身代わり札の製作技術を手に入れるために五大陰陽一族の各当主を拉致する計画が練られるほどにね……だから、身代わり札が作れることは絶対に言わないほうがいいと思う」

潤叶さんから真剣な表情でそう忠告を受けた。

一度だけ死に至る怪我を無かったことにできる道具。

たしかに、そんなものが作れるなんて知れたら危険すぎるな。世界中から狙われてもおかしくない技術だろう。

「一応は……知ってるつもりかな」とか言ったが、全然無知でした。

「やばい、実はすでに人にあげてる……」

「もしかして、雫さん達?」

「あ、うん。ソージを通して渡したんだけど、どうして分かったの？」

「実はね……」

邪神の心臓を宿した術師との戦いの際、俺が駆けつける前に潤叶さんは雫さん達と協力して戦っていたらしい。

その後、龍海さんが雫さん達を家に招き、同席していた潤叶さんと潤奈ちゃんとアウルちゃんと共に異能者の存在と雫さん達の事情を知ったそうだ。

「雫さん達と幸助くんって仲が良いし、葛西くんが幸助くんのことを慕ってたから、異能者のことだけじゃなくて他の事情も知っていたのかなって思ってね」

「なるほど、だから安全のために渡しているんだと思ったのか。大正解です」

「やった、正解……じゃなくて、雫さん達なら大丈夫だとは思うけど、念のために広めないよう言っておいたほうがいいからね」

「はい。あと、今後は気をつけます」

潤叶さんのかわいいノリツッコミをいただきながら、ありがたいお説教も賜った。

そういえば、ディエスにも身代わり札を渡したことがあったな。あとでディエスにも広めないよう言っておこう。

「あっ！　そういえば、潤奈ちゃんとアウルちゃんにも身代わり札渡したことあるんだけど……何か言ってた？」

邪神の心臓を宿した術師との戦いの際に、2人にも身代わり札を渡したことを思い出した。

「私は何も聞いてないから……たぶん、広めたら危ないと思って2人とも隠してると思う。お父さんが知れば何かしらの行動を起こすと思うから、お父さんにも言ってないかもね」

そうだったのか。俺と違って、2人は身代わり札を所持している危険性をちゃんと理解していたらしい。

次会ったらちゃんとお礼を言おう。

「となると、あと知っているのは……」

「運転に集中していて何も聞こえなかったー、昨日も人形のお札を渡された気がするけど、何だったかわからないなー……いや、本当に誰にも言わないわよ？　言った本人だって面倒なことになりそうだし」

確かに、「身代わり札を1人で作れる術師がいるぞー！」とか言ったら、まずはその人自身が捕まって事情聴取とかされそうだ。

「信じてます。あと、さりげなく危険な騒動に巻き込んでしまってすみません」

「それは全然構わないわよ。結城くん達がいなかったら、昨日の戦いで命を落としていたかもしれないからね。せめてもの恩返しにこの秘密は死んで幽霊になっても誰にも話さないと誓うわ」

芽依さんが真剣な表情でそう誓ってくれた。

よかった。とりあえず、身代わり札関連で狙われる危険性は減ったな。

「そういえば、この身代わり札っていつ作ったものか分かる？」

「たしか……今回持ってきた身代わり札は連休前に作った出来立てほやほやのやつだよ」

フリーの術師として初めての仕事だったため、気合を入れて新しい身代わり札を作ってきたのだ。

ちなみに、家には以前作ったものがまだ大量にある。

「それなら大丈夫だね。身代わり札は莫大な霊力をこの小さなお札に無理やり押し込めてるような状態だから、ちゃんとした保管場所じゃないと霊力が霧散して効果がなくなっちゃうの。たしか、1か月くらいしか保たないはずだから気をつけてね」

「えっ……」

「着いたわよー」

百年記念塔のある『北電公園』に到着すると同時に、家にある身代わり札のほとんどは廃棄となることが決定した。ＳＤＧｓ……。

そういえば、昨日の泥沼は偵察に使った土人形達に限りなく元の形に戻すよう命令しておいたので、自然破壊の痕跡は直っているはずだ。たぶん、大丈夫……たぶん。

◆
◆
◆

「やっぱり結界が張ってあるわね。しかも、特大サイズで相当厄介そうな雰囲気だわ」

車から降りた芽依さんがそう呟いた。

百年記念塔は小高い丘のようになっている北電公園という場所にあるのだが、公園の面積は相当広い。

公園というだけあって立派な遊具がいくつかあるのだが、面積が広すぎて閑散としているように見えるほどだ。

だが、目の前の結界はそんな北電公園のほとんどを覆い尽くしている。駐車場までがギリギリ結界の外のようだが、その先からは異様な雰囲気を感じる。

「一見するとなんでもない公園に見えますね。百年記念塔もここから見る分には問題なさそうです」

「一見すると……ね。表面は人避けの結界で、2枚目に認識阻害の結界があるわ。これの効果で見た目は異常がないように偽装してるんでしょうね。そのさらに内側にも、2枚くらい結界の気配を感じるけど、侵入を防ぎたいなら表面に硬い結界を張るはずだから、3枚目は中から出られなくするような結界を張ってるパターンね。最後の1枚は、雰囲気が一番やばそうだけど効果までは分からないわ。ただ、ここら辺一帯の異様な雰囲気と濃密な霊力はその結界が原因っぽいから要注意よ」

結界に触れもせずただ見ただけなのだが、芽依さんは仕掛けられている4枚の結界のうち3枚の性質を即座に見破った。

さすがは師匠。観察力に自信があるクロも驚愕している。

ちなみに、俺は習得能力を使ったのに表面の2枚しか分かりませんでした。

「破壊して突き進んだほうがよいでしょうか？」

「んー、それは逆に危ないかもね。4枚目が破壊することで発動する効果とか持ってたら面倒だわ。かといって表面の3枚だけ削るのも難しいわね」

「リン、できる？」

「んー……できるけど、時間かかっちゃうかも」

結界は４層だが隙間なく張られているため、境目がよく分からない。

慎重にやればリンは削れるらしいが、時間はかけたくないな……。

『玩具』。土人形達、偵察してきてくれ」

土人形を何体か作り出し、結界内へ侵入させた。

「昨日も使ってたけど、それって術じゃないよね？」

「……はい」

「……弟子よ。私は何も見ていなかったことにする」

「ありがとうございます師匠」

潤叶さんを見ると、「私も何も見ていないよ」と伝えるように目を塞いでいた。

異能が使えることに関しては、２人は何も追及しないスタンスでいてくれるらしい。ありがたい。

「あ、何の問題もなく侵入できました」

そんな雑談を交わしている間に、土人形は結界内へ何の抵抗もなく侵入していた。

人形には霊力糸を接続しているため、内部の情景も見られる。

遠くに見える百年記念塔の天辺には、昨日戦った千年将棋の２人と不気味な笑みを浮かべるお地蔵さんがいた。さらに、複数の妖が塔を囲みながら莫大な霊力を練り上げている。

「結界は普通に通り抜けられるみたいです。それと、百年記念塔の天辺に千年将棋の駒と笑ってるお地蔵さんがいます」

「笑ってるお地蔵様……『笑い地蔵』でしょうか？」

「結界使って人を化かす妖の話をワコさんから聞いた時に、その名前出てたわ。たぶん、この結界もその地蔵が作ってるんでしょうね」

潤叶さんの言葉を聞き、笑い地蔵について思い出した芽依さんがそう教えてくれた。

妖の能力は習得できないのだが、北電公園に張られた結界は習得できた。どうやら、人も扱える技術なら妖からも習得できるみたいだ。

「あと、複数の妖が塔を囲ってとんでもない量の霊力を練り上げてますね」

「その妖達使って何かをしようとしてるみたいね。どうする？　このまま突入する？」

「そうですね。頼りすぎるのは良くないけど、こちらには身代わり札があります。それに、この面子なら多少の罠があっても後れを取ることはないと思います。行きましょう！」

「私も幸助くんに賛成だよ。行こう！」

「いいね。行きましょ！」

「うむ」

「カー！」

「いくー！」

「行キマス！」

「いっくよぉおおお！」

カルも真っ赤に点滅してやる気充分だ。

満場一致で突入が決まったため、全員で覚悟を決めながら結界内へ足を踏み入れると、突然沼へ沈むような感覚に襲われ、視界が一変したのだった。

✦ ✦ ✦

「あれ？　結城くんは？」

「幸助くん、どこ？」

結界内へ入ると同時に、幸助がいなくなった。

その事実に気づいた芽依と潤叶がそう声をかけるが、返事はない。

幸助のいた位置には、胸ポケットに入っていたニアと頭の上に乗っかっていたウルがぽつんと取り残されている。

「マ、マスターガ……地面ニ沈ンデイキマシタ！」

「なんか足元が黒い沼みたいになって、ご主人様だけ沈んじゃった！　早く助けなきゃ！」

『製鉄工場《アイアンファクトリー》』！」

「待つのだウル！」

ウルが砂鉄で作り出した巨大なドリルで地面を掘削しようとしたが、それをクロが止めた。

「カ、カカーカ？」

「あるじ、どこ？」

「お主らも落ち着け。ここはすでに敵陣だぞ」

クロが慌てているシロとリンにも落ち着くよう話し、敵の陣地であることを思い出した全員が冷静さを取り戻した。

「まず、この下に主人はいない。おそらく、別の場所におる」

「別の場所？」

「うむ。結界内へ足を踏み入れた瞬間、主人の足元に例の4層目の結界が収束して連れ去ったのを感じた。一瞬の出来事で詳細までは理解できなかったが、その瞬間にここのとは違う空気の匂いを感じたのだ」

「ということは、別の場所にワープしちゃったってこと？」

「わからんが、地面の下やこの公園の周辺にいないことは確かだ。それは『擬似・感知』で確認しておる。それと、この結界や主人を連れ去った結界を発動しているのは、やはりあの地蔵らしい」

地下と上空を含む半径数キロ圏内の感知を終えたクロが、ウルの疑問にそう答えた。

「別の場所に飛ばす結界……いや、でもあれは……」

「芽依さん、何か知っているんですか？」

潤叶の言葉を聞き、独り言を呟きながら思案している芽依に注目が集まる。

「別の空間に相手を閉じ込める結界の話を聞いたことがあってね……対象の足元に影のような沼が出現して飲み込むっていう光景も似てるんだけど……」

「それは何なんですか？　どんな結界なんですか!?」

「たしか、『常世《とこよ》結界』っていう術よ。あの世でもこの世でもない『常世』っていう空間を擬似的に作り出して、そこへ対象を閉じ込めるの。中には空気もあるし、攻撃を加える機能もないから無事だとは思うんだけど……たしか、術者のイメージで情景や大きさを簡単に変化させられる結界らしいわ」

「内部の情景や大きさを自由に変化させられる結界、ですか」

「そうよ。一面マグマの海みたいに攻撃的な情景にはできないらしいけど、相手が嫌がる地形や過酷な環境にしたり、果てしない広さにしたりもできるらしいわ……でも、あいつらが常世結界を使えるのはおかしいのよね……」

「どうしておかしいんですか？」

「『常世結界』は五大陰陽一族の一角、土御門《つちみかど》家の秘術なのよ。土御門家の現当主と次期当主にしか伝えられないらしいわ。だから、あの妖がそれを使えるはずがないのよ」

潤叶の質問に答える芽依の説明を聞き、クロ達も首を傾げた。

「とりあえず、あの地蔵ぶっ飛ばせばご主人様は戻ってくるかもしれないんだよね？　だったらさっさとぶっ飛ばそうよ！」

「ぶっとばすー！　カル！」

ウルの要約を聞いたリンは、召喚時から所持している純白の日本刀と刀に変化したカルを抜き、特大の飛ぶ斬撃を2発、笑い地蔵へ向けて放った。

「やっとお話終わったみたいだね」

「もう少し話し合ってくれていてもいいのだがな」

そんな軽口を叩きながら、香と桂が特大の飛ぶ斬撃を斬り払った。

「よく見たら黒猫の妖がいるね。いないのはあの少年かぁ。てっきり、常世結界に閉じ込められたのはあの黒猫だと思ったんだけど、予想外れちゃった」

「常世結界は最も危険度の高い対象に発動するよう設定している。あの猫の妖よりも少年の方が危険だとは思えなかったが……私も予想が外れたようだ」

香と桂はそう話しながら、数十メートルの高さがある塔の天辺から飛び降り、何事もなかったかのように着地した。

「楔の完成は目前だ。絶対に邪魔はさせん。妖共！　奴らを倒せ‼」

桂がそう叫ぶと同時に、公園の各地に散らばっていた将棋の駒から多数の妖が召喚された。

続々と召喚されていく妖によって、見渡す範囲全てが妖によって埋め尽くされる。

「先に公園内に駒を設置していたのか。ニア、どうだ？」

「ダメデス。使役サレテイル妖ニ自我ハアリマセンガ、魂ノ欠片《かけら》ヲ感ジマス。ソレニ阻マレルノデ操作ハデキマセン」

ニアは使役されている妖の操作を試みたが、失敗した。

通常であれば、ニアは式神などの召喚体の操作権を霊力糸を介して奪うことができる。しかし、たとえ欠片であっても魂のある存在を操作することはできない。

そのため、千年将棋の使役する妖の操作権を奪うことはできないのである。

「おそらく、千年将棋の魂の欠片を入れているのだろう。魂のない分体や召喚体は込めた霊力が切れれば消える。それを防ぐために、霊力を生成し続けられる魂の欠片を込めているのだ。

ああいった能力の常套《じょうとう》手段だな」

ニアの言葉にそう返したクロは、眼前に広がる妖の軍勢を見ながら莫大な霊力を練り上げる。

「強力な妖は塔の周辺にいる一部だけのようだ。それ以外の脅威度が低い妖は全て儂がやろう」

「儂がやろうって、すんごい数いるよ!?」

「問題ない。『真正《しんせい》・百鬼顕現』」

ウルの言葉にそう答えた直後。クロの背後の空間が歪み、眼前で待機している妖の軍勢と同じ見た目の妖が次々と出現した。

「うわぉ、とんでもないね」

「クロ、とんでもない」

「カ、カーカ」

ウルとリンとシロの言葉に同意するように、その光景を見た全員が驚愕に目を見開いていた。

「露払いは任せろ。笑い地蔵と儀式の妨害は頼む」

「りょ！　そしたらニアっち、組もう！」

「了解デス」

「カカーカ」

「わかったー、それじゃあシロと私とカルだね！」

「ということは、私は潤叶ちゃんと組む感じかな」

「芽依さんとなら何度か一緒に戦ったこともあるので、連携はしやすいですね」

ウルとニア、シロとリンとカル、芽依と潤叶で組むことが決まると同時に、こちらの態勢が整ったことを察した妖の軍勢が一斉に進軍を開始した。

「我が軍勢よ、道を作れ！」

しかし、それを阻むようにしてクロの軍勢が襲い掛かり、一瞬にして膨大な数の妖の乱戦が始まった。

敵軍の中央を駆け抜ける潤叶達を守るように、クロの軍勢は完璧な連携で立ち回る。だが、防ぎ切れなかった数体の妖が潤叶達へと迫った。

「『黄金巨兵《ゴーガン》』！　ニアっち、お願い！」

「オ任セ下サイ」

全長3メートルほどの黄金巨兵にニアが霊力糸を接続した瞬間。黄金巨兵は達人級の格闘術を撒き散らす殺戮《さつりく》巨人へと変貌を遂げる。

襲いくる妖を薙ぎ払いながら強引に道を切り開いていき、軍勢を抜けた空間まで到達するが、黄金巨兵の足はそこで止められた。

「ナルホド。彼ラガ、クロサンノ言ッテイタ強力ナ妖デスカ」

黄金巨兵が子供のように見えるほど大きな岩の巨人と、その両肩に乗る妖を見上げながらニアはそう呟いた。

「岩巨人に、蜘蛛に鬼っぽいのもいるね」

「ココハ僕達デ引キ受ケマショウ。ウルサン、セリフハ譲リマス」

「おお！　ありがとうニアっち！　一度言ってみたかったんだよねぇ～。それでは失礼して……みんな！　ここは任せて先に行け！」

キリッとした表情で言い放ったウルのセリフに苦笑いを浮かべながら、潤叶達は先へと進む。

「あっぶな！　こんなに早く抜けられるとは思わなかったわ」

「全くだ。だが、ここから先へ通さん」

しかし、そんな潤叶達の前に香と桂が立ちはだかった。

すでに武器を取り出しており、臨戦態勢は整っている。

「あの刀のひととたたかいたーい！」

「カー！」

「わかりました。それじゃあ、私達はこちらの槍使いを引き受けます。芽依さんも、それでいいですか？」

「いいよ。潤叶ちゃんのリベンジマッチを全力でサポートするわ」

潤叶達がそう言葉を交わし、それぞれの相手と向かい合う。

「舐められたものだな」

「昨日は多勢に無勢だったからね。これだけ減ってくれたら負ける気しないわ」

そう話しながら余裕の笑みを浮かべて武器を構える桂と香。

幸助のいない北電公園では、それぞれの戦いが始まろうとしていた。

✦　✦　✦

『常世結界』の中は真っ暗だった。自分の手元すら見えないほどだ。

一寸先は闇という言葉通りの暗闇である。

「にしても、術と異能が使えないのは不便だな……こんなに体が重く感じるとは思わなかった」

この『常世結界』に閉じ込められてからというもの、何故か術と異能の発動ができなくなっていた。

神様に強化してもらった身体能力と習得能力はそのままだが、『散炎弾』も『強化』の異能も全く使えない。

ちなみに、手の擦り傷は即座に治るため、身代わり札は問題なく機能しているようだ。

「常世結界に術や異能を封じる機能はないから、この空間内にいる別の存在の能力だろうな。習得できないということは、妖の能力か……おっ、また来た」

そんな独り言を呟きながら、襲ってくる獣っぽい感触の妖をディエス直伝の格闘術で仕留めていく。

この空間に閉じ込められた直後から、獣っぽい妖が何度も襲い掛かってきているのだ。

今のでもう30体目くらいだと思う。

「ディエスから視覚を失った時用の戦闘訓練を受けておいて本当に良かった……」

紅さんに雇われていた時のことを思い出しながら、音と気配で相手の位置と動きを特定し、拳を振るう。

「襲ってくる妖達も何も見えないから、鼻や耳の優れた獣っぽい妖が配置されてるのかな?」

そんな考えを巡らせながら迫り来る妖を倒していると、微かな違和感に気がついた。

「本当に少しずつだけど、霊力の巡りが良くなっている気がする……」

おそらくだが、力を封印する能力にも限界があるのだろう。

しかし、この常世結界を破るほどの力は回復してないため、ここから抜け出すにはまだ時間がかかりそうだ。

「おっ、襲撃が止んだ」

そんなことを考えていると、妖の襲撃が止まった。

襲撃してきた妖は大体50体くらいだろうか。千年将棋が使役している妖は倒すと霧散して消えるため、倒した正確な数は分からない。

「やっとみんなを探せるな。誰かー！　いませんかー!?」

思いっきりそう叫ぶが、声の反響すら返ってこない。相当広い空間のようだ。

「みんなが心配だ。早く合流しよう」

そう考え、感覚を研ぎ澄ませながら周囲の気配を探る。

「何にも感じないな……」

いくら耳を澄ませても匂いを嗅いでも何も感じないため、別のものを辿ることにした。

「身体にまとわりつく嫌な気配……俺の術と異能を封印している元凶は……あっちか」

俺に封印系の能力をかけている存在の位置を探ると、遠くの方に複数の妖の存在を感じた。

数は、20体以上はいそうだな。

それだけの数の妖に封印能力を仕掛けられていたとは……そりゃ術も異能も使えなくなるわけだ。

「封印能力の妖全員倒して、結界壊して、みんな見つけて、千年将棋も倒す。時間がないけどやるしか……うわっ、眩しっ！」

そう言いながら駆け出そうとした瞬間……視界が一転して建物の中に場所が変わった。

「常世結界の能力か、面倒だな」

常世結界は、内部の情景を術者のイメージで変更できる。

一面針の床や溶岩の海など直接危害を加えるような情景には変更できないが、それ以外の情景であればイメージ次第でどんな場所にも変えることができるのだ。

「にしても、ここはどこだ？　学校か？」

夕暮れの差し込む広い玄関。立ち並ぶ古びた下駄箱。老朽化が目立つ廊下。

どこか見覚えがある……というより、思い出した。ここは俺がよく知っている場所だ。

「……俺の通っていた中学校か」

僅か数か月前の出来事だが、すでに忘れかけていた。

ここは、俺が3年間通っていた中学校だ。

「常世結界には相手の記憶を読み取る機能はない。ということは、俺の記憶を読み取る能力の妖がいて、その記憶を頼りに情景を変えた感じか」

そんな考察を続けながら校舎の中を歩いていく。

1階廊下の突き当たりにある教室。そこが、俺が中学3年生の頃に通っていた教室だった。

「あんまり良い思い出はないけど、懐かしいな……」

こんなことをしている場合じゃないと分かっていながらも、自然とこの教室の前まで歩みを進めてしまった。

「時間がないんだ。先を急がないと……ん？」

教室から離れようとした瞬間。中から人の声や物音が聞こえてきた。

1人や2人じゃない。複数人の声が聞こえる。

「誰かいるのか!?」

そう語りかけながら勢いよく教室のドアを開けると、数人の男子生徒が1人の男子生徒をリンチしている光景が目に入ってきた。

「……なるほど、こういう能力か」

戦闘では俺を倒せないと分かり、別の角度から攻撃を仕掛けてきたのだろう。作戦としては優秀だ。時間稼ぎが目的なら、これほど有効な手はない。

頭の中では冷静にそう考えながらも、目の前の光景に嫌な汗が滲む……。

「精神攻撃か……やってくれるな」

目の前の光景は……俺が中学時代に喧嘩をしている様子だった。

というより、多勢に無勢で一方的にボコられているだけだ。

「常世結界で情景を整えて、人のトラウマを見せる幻術みたいな能力をかけてる感じか」

蹴られている昔の俺の体に触れようとしてみるが、触れない。だが、周りの机や壁には触れる。

教室の内装は常世結界で再現されており、動いている人間は幻術で再現しているようだ。

「にしても……よくできた幻術だな」

暴力を振るっている同級生の表情だけでなく、昔の俺自身の表情も再現されている。

自分では見えないので記憶にないはずだが、そういった部分は補正をかけて再現しているのかもしれない。

「まぁいいか。当時は辛かったけど、今となっては別にトラウマでもなんでもないし」

もう吹っ切った過去だ。

そう思いながら先を急ぐために教室を出ると、情景がまた一変した。

そこは、林の中にある廃材で作られた小屋だった。

「……この記憶は、少し辛いな」

この小屋は、俺が同級生に喧嘩を仕掛けるきっかけとなった存在。

中学3年の時、疎遠になった……親友と作った秘密基地だった。

✦
✦
✦

中学時代の俺はコミュ力もそれなりにあり、友達もそれなりにいたが、その中でも親友と呼べる存在が1人だけいた。

「大空澄人《おおぞらすみと》……」

小学校入学時からの付き合いで、互いにアニメや漫画が好きで、なんとなく話す時の空気感も合う。

互いに親友だと確認し合ったわけではないが、相手もそう思ってくれていると確信できるくらい仲が良い存在だった。

「懐かしいな……」

中学生になってからずっとクラスは違ったが、それでもよく一緒に遊んでいた。

だが、中学2年になった頃。澄人が柄の悪いグループとつるみ始めてからは、徐々に距離ができるようになっていった。

「あの時にちゃんと話を聞けていれば……」

澄人とは合わなそうなグループだったため、心配になって何度も声をかけたのだが、「大丈夫」の一点張りだったので詳しくは聞かずに過ごしていた。

そして中学3年になったある日、澄人が学校へ来なくなった。

「もっと早く澄人の変化に気づけていたら、違う未来があったのかな……」

何度も家を訪ねたが会うことはできず、それからしばらくして、澄人は誰にも言わずに転校していった。

当時はスマホも持っておらず、引っ越し先の電話番号も知らなかったため、何も言わずに転校していった澄人に事情を聞くことは叶わなかった。

そんな時、ふと思い立ってこの秘密基地にやってきたのだ。

「あの時も、こんなふうに手紙が置いてあったな」

目の前の秘密基地に入ると、ボロボロのテーブルの上には当時と同じく白い封筒に入った手紙が置いてあった。

そこには、2年の頃に柄の悪いグループに目をつけられてから、暴行やカツアゲなど、相当酷いいじめを受けていたこと。

そんな時期に親の出張が重なり、転校が決まったこと。

そして、最後まで何も相談せず、何も言わずに転校してしまったことへの謝罪が書かれていた。

「それを知って、怒りのままにいじめていた奴らに突っかかって、返り討ちに遭って……」

……先ほどの教室での光景に至ったのだ。

その後は俺がいじめの標的になりそうだったが、高校受験が近づくにつれてそんな空気もいつしかなくなり、澄人のことを話すクラスメイトもいなくなった。

というより、澄人の一件は腫れ物を扱うような形となって、みんなが忘れようとしている雰囲気があった。

「都会への憧れもあったけど……この一件も、札幌へ進学する後押しになったんだっけな……」

元から都会の高校へ行きたいという思いは強かったが、澄人のことを忘れようとしている友人達を理解できず、次第に心の距離ができたことも、札幌の高校に進学を決意した理由の一つだった。

余談だが、怪我だらけで帰ってきた俺を見た両親が学校に相談して情報を集め、相手の親に事情を話し、いじめっ子達はそれなりの罰を受けた。

相手の親も相当な抵抗を見せたらしいが、部族間の抗争を止めたり、他国の登山隊と交渉を行うほどの話術とパッションを持つうちの両親には敵わなかったらしい。

「……封印能力で抵抗力が下がっていたのか、思いの外心に響いたな」

そう呟きながら澄人の手紙をテーブルに置き、莫大な霊力を放出する。

どうやら、先ほど感じた怒りで封印能力に抵抗できたらしい。

「悪手だったなぁ、千年将棋」

トラウマを蘇らせて時間を稼ごうとでも思ったのだろうが、逆に封印の解除を早める結果となったようだ。

「さっさとここから出るか」

莫大な霊力の影響で常世結界に異常が発生しているのか、ガラスにヒビが入るような音が至る所から聞こえてくる。

「その前に、まずは結界内の妖を倒してからだな……『散炎弾』」

使役された妖がいるであろう方向へ向けて、現実では到底発動することができない、全力の散炎弾を放った。

✦ ✦ ✦

岩の妖が黄金巨兵を押さえつけ、蜘蛛の妖が黄金巨兵の頭に乗るニアとウルを絡め取るように糸を放ち、鬼の妖もそれとタイミングを合わせて肉弾戦を仕掛けてくる。

「糸ノ操作ニハ自信ガアリマシタガ、本業ノ技ハ凄イデスネ」

「ぎゃーっ!　結界結界結界結界結界ー!」

そんな状況の中。ニアは飛んでくる蜘蛛の糸を霊力糸で弾き、肉弾戦を仕掛けてくる鬼はウルが結界を張ることで防いでいた。

しかし、糸の操作精度は蜘蛛の妖の方が高く、結界も鬼の怪力で次々と破壊されていくため、戦局はニアとウルが不利な状況であった。

「押サレテイマスネ。ウルサン、ドウデスカ？」

「準備は……できた！　いつでもいけるよ！」

「デハ始メマショウ。黄金巨兵ト僕タチダケデハ、コレ以上保《も》チソウニアリマセン」

「おっけー！　『製鉄工場《アイアンファクトリー》』！」

ニアの言葉にそう返し、結界を連発しながらも術のイメージを固めていたウルが『製鉄工場《アイアンファクトリー》』を発動した。

すると、集まった砂鉄が形を変え、鉄製の鷹型と虎型と2体の土竜型ゴーレムが出現する。

「そしてー、合体!!」

ウルの掛け声で黄金巨兵が飛び上がる。

同時に、変形した2体の土竜型ゴーレムが両脚に、分解された鷹型ゴーレムは背中と腕に、変形した虎型ゴーレムは肩と胸部を覆うようにして装着され、最後に余ったいくつかのパーツが兜のような形となって頭部に装着された。

「「搭乗！」」

最後に頭部のハッチが開き、様々なレバーやスイッチが付いたコックピットへニアとウルが搭乗した。

ちなみに、レバーやスイッチは全て飾りだ。

「完成デス！」

「超絶合体！　ジェネシック・ゴーガン‼」

脚部に装備された土竜型ゴーレムによって岩の妖に迫る高さとなり、各部に装備された武装によって威圧感の増した黄金巨兵が、鋭い眼差しで敵を睨みつける。

この『ジェネシック・ゴーガン』は、ニアとウルが何日も夜更かししながら構想を練り、何度も練習を重ね、血の滲むような努力の末に完成させた必殺技だ。

変形中に攻撃を受ければ合体は失敗するという大きなデメリットを抱えているのだが、2人の求めるロマンの前では些細な問題なのである。

「キシャア……」

「ゴッ……」

「グルァ……」

今回は相手の妖が予想の遥か上をいくウル達の行動に警戒心を高め、変形が終わるまで様子見に徹したため、ジェネシック・ゴーガンは無事に爆誕できたのであった。

「それじゃあいっくよー！」

敵が困惑している中、ウルの声で戦闘が再開された。

「イーグルウイング！　展開！」

ウルの声に反応し、背中の羽が大きく開く。

ジェネシック・ゴーガンの操作権はニアにあるため、正確にはウルの声に合わせてニアが操作しているのだが、ウルはノリノリなので気にしていない。

「キシャァ！」

そんな様子を見た蜘蛛の妖が、ジェネシック・ゴーガンの飛行を防ぐために特大の蜘蛛の巣を空中へ放出する。

しかし、空を飛ぶかに思われたジェネシック・ゴーガンはそのまま体勢を低くし、岩の妖の足を薙ぎ払うようにして鋭い蹴りを放った。

「ゴゴォ!?」

上に意識を持っていかれていた岩の妖は完全に虚をつかれ、体勢を崩して倒れる。

そして、ジェネシック・ゴーガンはゆっくりと落ちてくる蜘蛛の巣を、余裕を持った動きで避けたのだった。

「ジェネシック・ゴーガンニハ、飛行機能ハアリマセン」

そう、ジェネシック・ゴーガンに飛行機能はないのだ。背中の翼はただの飾りである。

加えて言うなら、合体前の鷹型ゴーレムにも飛行機能はない。

合体時の一時的な飛行は、ゴーレムが飛び上がったタイミングに合わせてニアが無理やり霊力糸で吊り上げているだけなのである。

「ガウッ！」

「きたわね。ドリルアーム！　展開！」

体勢を崩した岩の妖を庇うように鬼の妖が接近戦を仕掛けてくるが、右手がドリルに変形したジェネシック・ゴーガンが、それを待ち構える。

「いっけぇー！　ギガドリルパンチ！」

一切回転していないドリルが、鬼の拳と合わさる。

変形合体というロマン構造にイメージを費やしたため、ジェネシック・ゴーガンは回転という複雑な機構を備えていないのだ。

それでも、鉄製のドリルは硬く鋭い。そんなただ硬く鋭いだけのギガドリルパンチは鬼の拳を易々と砕き、その右腕ごと鬼を粉砕した。

「キシャア！」

「甘いわよ！　タイガーヘッドぉ！」

鬼の妖が倒されると同時に、硬度が高く鋭い槍のような糸の塊を蜘蛛の妖が射出した。

だが、ジェネシック・ゴーガンの胸部にある虎の頭部が高速で飛来する糸の槍を口でキャッチし、噛み砕く。

実際はニアの尋常ではない操作技術によって実現した神業によるものだが、防がれると思わなかった蜘蛛の妖に僅かな動揺と隙が生まれた。

「今だ！　膝ドリル展開！　ギガドリルキック！」

ジェネシック・ゴーガンの膝からドリルが出現し、回転しない膝ドリルのついた蹴りによって蜘蛛の妖は消滅した。

ちなみに、蹴りは最も勢いの強い爪先で放ったため、膝のドリルは一切使用していない。

「これでトドメだぁ！　分離！」

合体した各パーツが分離し、ニアの霊力糸による強引な接続で鷹型と虎型と土竜型のゴーレムへ再変形。

そこへ黄金巨兵も加わり、総勢5体のゴーレムによる集団攻撃によって岩の妖も粉砕した。

「正義は、勝つ！」

ゴーレムの生成後は何もしていないウルがそう締めくくり、3体の妖とニアとウルの戦いは幕を閉じたのだった。

✦　✦　✦

「良いねぇ良いねぇ！　やっぱり槍使いとの戦いは楽しいよ！」

「そうですか」

香の言葉を冷たい返答で流しながら、潤叶は3本の水の槍を器用に振るう。

技量は遥かに及ばないが、防ぎきれない攻撃は芽依が結界で阻むため、なんとか互角の戦いを続けていた。

「ねぇねぇ、昨日の術は使わないの？　あれないと私には勝てないよ？」

「あれを使う気はありません。もう、自分の身を顧みない行為はしないと決めたので……水、砲、激、『激流弾』」

潤叶は水槍による牽制と同時に水の散弾を放つが、香は余裕の表情でその全てを躱し、反撃を加えていた。

「槍で突いて、水の弾撃って、また槍で突いて、さっきからそれの繰り返しだけど、そんなの何度やっても私には当たんないよ？　いい加減昨日の術使いなよ～」

「たしかに、このままでは何度やっても当たらないですね……もう充分繋がりましたし、そろそろ始めましょうか」

そう呟きながら、潤叶は2本の水の槍を捨て、1本の槍で香と同じ構えを見せた。

「何？　挑発のつもり？」

「やってみれば分かります」

「ふーん、あっそ！」

香のフェイントを交ぜた横薙ぎを、潤叶は全く同じ動きで防ぐ。

続けざまに放たれた突きも、寸分違わぬ動きで同じ突きを放ち、切っ先を合わせることでそれを防いだ。

「あれ？　なんで私と同じ技使えんの？」

「さぁ？　どうしてでしょう」

突きの連打、薙ぎ払い、足払い、香の繰り出す全ての技を、潤叶は同じ精度で繰り出した別の技で防ぎきる。

そんな中、香は10年前の戦いで対峙したある術師の存在を思い出した。

「その術、見たことあるわ。あんた、『結び』の術で私と繋がったのね！」

「……どうやら、10年前の戦いで母の術を見たことがあるみたいですね」

そう返しながらも、潤叶は香と同じ精度の槍術を繰り出していく。

潤叶が香と同じ槍術を使えるのは、木庭家の当主の血縁者しか習得できない秘術、『結び』による効果であった。

この術は物同士を繋げるだけでなく、人や妖と繋いだ縁を通して、相手の技術の一部を共有するという特性も備えているのである。

「私と縁を繋いで技を真似たのね、あの忌々しい術師のように！」

「母には相当苦しめられたようですね」

母の戦いは、確かに千年将棋を追い詰めていた。

その事実の一端を知れた潤叶は、僅かな誇らしさを感じながらも戦闘を続ける。

「なるほどね。あの術師の娘だから同じ術が使えるんだ。でも、その術って完璧に真似ることはできないんでしょ？　10年前もそうだったし」

「普通ならそうですね。この術は、縁の深い相手じゃないと効果は薄いので」

『結び』の術は、相手との縁の深さによって共有できる技術の効力が変わる。そのため、縁もゆかりもない相手には効力が薄いという大きな欠点もあるのだ。

「ですけど、私の結びはあなた達を相手にした時だけ、母の使う結びよりも効力が高いんです。この10年間抱え続けてきた千年将棋への憎しみの縁は、誰よりも深いですから！」

「ぐっ！」

潤叶の放つ鋭い突きが、香の衣服を僅かに掠める。

千年将棋に対する憎しみの縁によって繋がれた結びは、香と完全に同じ技量を潤叶に授けていたのである。

「水、流、刀、『激流刀』！」

「ぐぁあっ！」

さらに、潤叶は左手に出現させた水の刀を使い、達人級の一太刀によって香の右腕を斬り飛ばした。

「この太刀筋……まさか、私だけじゃなくて桂にも縁を繋いだの!?」

「その通りです。いくら縁が深くても、所詮は真似事に過ぎません。ですので、あなた達2人の技を共有させていただきました。そのせいで少し時間がかかってしまいましたけどね」

木庭家の秘術である『結び』の発動は、繊細な霊力操作が必要となってくる難易度の高い術式である。

そのため、戦いの出だしではあえて本気を出さず、潤叶は結びを発動する時間を稼いでいたのだった。

「ここからが本番です」

右手に水の槍を、左手に水の刀を構えた潤叶は、すでに右腕の再生が終わった香に強烈な威圧感を放つ。

「ぐっ……」

その威圧感に押された香は、僅かに後退《あとずさ》りしながらも必死に策を練っていた。

体内にストックしてある膨大な数の妖。

その中から、この状況を打開できる能力を持つ妖を冷静に選び抜いていたのである。

「潤叶ちゃん、準備完了したよ！」

そんな中、潤叶に向けて芽依はある術の完成を知らせた。

結びを発動してから潤叶を援護する必要がなくなった芽依は、ある術式の構築に全神経を集中させていたのだ。

「ただ、動かれると失敗するかもしれないから、3秒くらい止めてもらってもいい？」

「大丈夫です」

「なっ、舐めるなぁ!!」

余裕の表情でそう言い放った潤叶の言葉に激しい怒りを覚えた香は、その感情のままに強烈な突きを放つ。

だが、潤叶は難なくそれをかわし、そのままの勢いで香の片脚を斬り飛ばした。

「ぐぅっ！」

「怒りに身を任せた行動って、こんなにも読みやすいんですね」

怒りのままに突撃した昨日の行動を反省しながら、潤叶はそんな感想を漏らす。

「ナイス潤叶ちゃん、ジャスト3秒ね。『果ての二十日レプリカ』、発動！」

芽依がそう叫ぶと漆黒の支柱が香の背後に現れ、その体を取り込んでいく。

「まさか、果ての二十日が使えるなんてね……」

「残念ながら、これは本物には遠く及ばない偽物よ。『果ての二十日』は封印術の中でも結界術に共通してる点が多くてね。だから頑張って練習したことがあるんだけど、この偽物を作るので精一杯だったわ」

漆黒の支柱に呑み込まれていく香にそう言いながら、芽依は作り出した補霊結界で霊力を回復していた。

たとえ偽物とはいえ、果ての二十日は莫大な霊力を必要とする術式なのである。

「次、は……負け、な……」

「いいえ、次も私達が勝ちます。何度復活してこようと、必ず私達が勝ちます」

悔しさを滲ませながら睨みつけてくる香の目を強く見つめ返して、潤叶はそう言い放った。

そして、香は漆黒の支柱に完全に呑み込まれた。

「私はこれを維持しないといけないから、あとは任せていい？」

「大丈夫です。いってきます」

果ての二十日の維持のために芽依はその場に残り、潤叶は儀式を止めるべく駆け出したのだった。

✦
✦
✦

「くっ、一体何なんだこいつは！」

理解が追いつかない状況に焦りを滲ませながら、桂はそう叫ぶ。

昨日の戦いで一太刀交えた際に、桂はリンの実力を限りなく正確に把握していた。

それを踏まえた上で、白いカラスと共闘されたとしても勝てる見込みであったのだが……いざ戦いが始まると予想しなかった結果が待ち受けていたのである。

「成長速度が、速すぎるっ！」

初めこそ、桂はリンとシロを同時に相手にしながら立ち回れていた。

しかし、刀を交えるたびに、一太刀毎に、リンの斬撃は鋭さと速さを増し、桂の技量を軽々と超えていったのである。

今では、１人でリンを抑えることすらできない状況となっていた。

「すごーい！　これもよけれるんだー。これは？　これは？」

「ぐっ、このぉっ!!」

桂はリンの成長速度に驚愕しながらも、ギリギリで致命傷を回避し続けていた。

「カー……」

そんなリンの姿を見ながら、シロは安堵の表情を浮かべる。

リンは、生まれた直後に戦った三鶴城以外の相手と刀を交えた戦闘を行ったことがない。その三鶴城戦でも、覚えたての飛ぶ斬撃によってすぐに戦いが終わってしまったため、剣術をまともに見る機会がなかった。

剣術を司る式神として召喚されたにも拘わらず、リンには真にその剣術を高める機会がなかったのである。

しかし、この戦いで本来の才能と戦闘スタイルを開花させたリンは、桂から得られる全ての技術を吸収し、今まで抑圧されていた分を取り戻すように成長を続けていた。

「カカーカ」

それを見たシロは、妹分でもあるリンが成長できる機会に出会えたことを、心の底から祝福していたのである。

「くっ、妖共！　私を守れ！」

そんなシロの思いをよそに、戦いは続く。

足払いからの横薙ぎ。と同時に繰り出される刺突。

長さの違う2本の刀から繰り出される連撃を躱しきれないと判断した桂は、耐久力の高い妖達を即座に召喚する。

だが、その妖達は数秒と保たずに細切れにされていく。

「このままではっ……またか！」

そんな中、召喚された妖の隙間を縫って無数の衝撃波が飛来する。

しかし、そのうちの数発は桂を狙っておらず、桂の後方で儀式を行っている妖達へ向けて放たれていた。

「カラスめぇ！」

シロはリンの成長を見守りながらも、隙をついて儀式を食い止めるための攻撃を続けていたのである。

「ぐぁああ!!」

「あ、チャンスだー！」

桂はシロの放った衝撃波を斬り伏せ、間に合わないものは自身の体を使って防いだ。

だが、そうして体勢の崩れた桂に向けて、リンがさらに鋭さの増した斬撃を放つ。

「くっ、ここまでか……」

リンの斬撃が迫る中。

香が封印されたであろう漆黒の支柱と、儀式を妨害するために駆け出している潤叶の姿が桂の視界に入った。

「こいつだけは使いたくなかったが、仕方がない……『大儺《たいな》』！　全てを鬼に変えろ！」

リンに袈裟斬りにされながらも、桂が吐き出した駒にそう命令した瞬間。

莫大な霊力が北電公園を支配した。

「たいな？　今、大儺って言ったの⁉」

桂が召喚した莫大な霊力を放つ鬼。

その姿を見ながら、事の重大さにいち早く気がついたのは芽依だった。

「おにだー！」

「リンちゃんダメ！　刀越しでも触れるのは危険だわ！」

芽依の剣幕に只事ではないと悟ったリンは斬りかかるという選択を捨て、大きく間合いを取った。

直後。儀式を中断するために駆け出していた潤叶も召喚された妖の危険性に気づき、その場で全力の警戒体勢へと移行する。

「何あれ⁉　さっき倒した鬼より遥かに強そうなんだけど！」

「千年将棋ノ2体ヨリモ、強大ナ霊力ヲ持ッテイルヨウデスネ……」

そんな緊張と静寂の中。黄金巨兵に乗ったウルとニアが芽依の元へ合流した。

「芽依サン、アノ妖ヲ知ッテイルンデスカ？」

「文献で読んだことがあるわ。大儺っていう名前はたしか、『鬼ごっこ』の元となった儀式の名称だったはずよ。その名を冠する大儺っていう妖は、触れただけで相手を鬼に変える能力を持っているらしいわ。しかも、鬼にされた相手に触られても鬼になるっていう最悪の能力なの」

「それって、触られたらアウトってこと？」

「そういうことよ」

触られたら終わるという芽依の説明を聞き、ウル達に緊張が走る。

「楔の完成までもう少しだ。あとは頼むぞ、大儺……ん？」

そんな中、傷の再生を終えた桂はある違和感に気がついた。

笑い地蔵の霊力が、大きく乱れているのである。

「まさか……！」

次の瞬間。笑い地蔵の背後の空間が歪み、巨大な爆炎が噴き上がる。

爆炎に巻き込まれた笑い地蔵は一瞬にして消し炭となり、その存在は霧散して消えた。

「……千年将棋はどこだ」

親友との思い出を利用され、怒りを宿した幸助が、大儺をも上回る霊力を放出しながら塔の上に現れたのだった。

✦　✦　✦

常世結界からの脱出は、意外と時間がかかってしまった。

中にいた妖の殲滅はそこまで時間はかからなかったのだが、常世結界自体の耐久力が高かったのだ。

まさか、本気の散炎弾を3発も耐えられるとは思わなかった。

「にしても、出たところが百年記念塔の上って運が良いな」

ここからなら北電公園全体が見える。

下を見ると潤叶さんやシロ達が集まっており、全員無事な様子だった。

遠くの方ではクロも絶賛戦闘中なので、あっちも無事のようだ。

「とりあえず、儀式完了までには間に合ったか……『強化』！」

身体能力を強化し、塔の下で祈りを捧げている妖達へ向かって勢いよく飛び降りる。

絶対にこの儀式は邪魔してやる！

「させるか！　いけ！　大儺！」

大太刀使いがそう叫ぶと、異様な雰囲気の鬼が物凄い速度で塔へと接近し、俺の落下地点で両手を広げて待ち構えた。

落下の加速と合わせれば大ダメージ確実だが、よいのだろうか？

「幸助くん！　その鬼に触れちゃダメ！　鬼にされるわ！」

すると、別方向から潤叶さんの声が聞こえた。

触れたら鬼にされるって、まるで鬼ごっこだな。そんな危険な能力もあるのか。

「それじゃあ触れずに倒すか……『三重結界』」

落下の勢いを乗せた打撃は中断。鬼を囲うようにして三重結界を張り、そこへ着地して手を触れる。

「『寒熱』」

護衛のバイトが終わった後、実はソージに異能を見せてもらっていたのだ。

その際に習得した『寒熱』を、鬼を囲っている三重結界へ向けて全力で発動する。

「これじゃあ鬼ごっこじゃなくて氷鬼だな」

三重結界に閉じ込められたまま完全に温度を吸い取られた鬼は、一瞬で氷像と化した。

『寒熱』。初めて実戦で使ったが、とんでもない異能だな。

「というわけで、もう一度『寒熱』」

続けて、百年記念塔で儀式を進めている妖達を氷像にした。

「儀式は止まっ……てない？」

これで儀式は阻止できた……と思ったのだが、百年記念塔内部の霊力の流れは途絶えていない。

塔の中を循環する莫大な霊力が、徐々に展望デッキあたりへ集まっている。

「すでに儀式は最終段階へと移行している！　その妖共を止めても儀式は止まらないぞ！」

大太刀使いがこちらに駆けてきながらそう叫んでいる。

さらに、氷像にした鬼もいつの間にか動き出しており、三重結界を壊し始めていた。

この鬼、タフだな。

「あるじ！　まもる！」

「幸助くん！　今行くから！」

「あ、２人とも来ないほうがいいよ。危ないからっ」

「「えっ?」」

俺を心配して駆け付けようとしてくれているリンと潤叶さんに止まるよう促し、百年記念塔へと触れる。

「さすがにこうすれば止められるでしょ……『玩具』！」

60メートル近い高さの塔は、内部に放置されていた装飾や家具を撒き散らしながらみるみるうちに変形し、巨大なロボットと化した。

塔の形が変わったせいか、内部を流れていた霊力も行き場を失って霧散し始めている。

「よし、成功だな」

「い、一体何を……!?」

「塔の形が変われば儀式は止まるかなと思って、変形させただけだよ。どう？」

「き、貴様ぁぁあああ！」

俺の挑発的な笑みを見た大太刀使いがブチ切れている。ざまぁだな。

澄人との思い出を利用された怒りはまだあるが、少しは発散できた。

「『三重結界』」

「なっ!?　くっ！」

「踏み潰せ」

俺の命令を聞き、百年記念塔ロボは三重結界に閉じ込められた鬼と大太刀使いをまとめて踏み潰した。

「す、凄い威力だな……」

数千トンはあるであろう百年記念塔ロボの体重が乗った一撃は、地震かと思うほどの揺れと地面の巨大な陥没を発生させた。

そして百年記念塔ロボがゆっくりと足を上げると、満身創痍ながらも鬼と大太刀使いは消えていなかった。

「マジかよ……これでもまだ生きてるのか」

地面にめり込んだことでダメージを軽減できたのかもしれないが、それでも仕留めきれないとは思わなかった。

「にしても、寒熱に耐えた鬼なら仕留めきれないのは納得だが、大太刀使いが生き残っているのは少し疑問だな……」

昨日の戦闘ではそこまで耐久力がある妖には見えなかった。

そう思ってよくよく観察すると、大太刀使いの頭に角が生えている。

「まさか……鬼が大太刀使いに触れたのか!?」

百年記念塔ロボの踏み潰しによって三重結界が砕けた瞬間。鬼が大太刀使いに触れて鬼化させたのだろう。

あくまでも推測だが、鬼化すると耐久力が上がるようだ。面倒な能力だな。

「ちっ、『三重結界』！」

「グルァアアア!!」

鬼化した大太刀使いは速度も上がっているらしく、三重結界が完成する寸前に抜け出された。

捕らえられたのは満身創痍の鬼だけだ。

さらに、千年将棋としての能力も使えるようで、すでに傷は回復しつつある。

「グルルル……」

「理性は消えているようだな」

言語機能も理性も失っている様子の大太刀使いは、俺を睨みつけながら隙を窺っているようだ。

望むところだな。先ほどの速度は確かに速かったが、強化した動体視力なら捉えきれる。

「グルァァアア!!」

「きたか！」

何の策略もなく、大太刀使いは一直線に突っ込んできた。

尋常ではない速度だが、結界を張る余裕はある。その直後に、先ほどの寒熱で蓄えておいた熱を放出すれば大ダメージは確実だ。

それで仕留められなくても足さえ止められれば結界で囲える！

「三重結か……」

「『雷木棒《れんぎぼう》』、ごイっ！」

瞬間。そう叫んだ大太刀使いの目には理性が戻っており、こちらへ駆けてくる勢いを使って高く飛び上がった。

同時に、百年記念塔ロボの頭部の方からもの凄い量の霊力を纏った棒状の妖が落下してくる。

「理性を取り戻したのか！　でも何で飛び上がって……ちっ、とりあえず『三重結界』！」

棒の妖との共闘や、飛び上がって上に意識を向けさせるための陽動など、相手の目的を考えたが判断材料が少なすぎてわからない。

とりあえず攻撃にだけは備えようと思い、自分を守るように全力の三重結界を張った。

「回じゅウ、完リョう……」

「は？」

何をしてくるかと待ち構えていたのだが、大太刀使いは棒の妖を駒に戻し、それを飲み込んだだけだった。

「回収完了って……その妖の回収が目的だったのか」

微かな理性を残した大太刀使いを見ながらそう呟く。

おそらく、今回収した妖が『楔』とかいう存在の重要な鍵だったのだろう。

「執念……か」

親友との思い出を利用された怒りはあるが、自分の身を犠牲にしてでも目的を達成する執念は見事だと感じた。

「ギ、ざまハ……目デギの、邪マ！　倒ズ!!」

「『寒熱』『散炎弾』！」

再び飛びかかってきた大太刀使いに向けて、先ほど吸収した熱量と散炎弾を同時に放った。

強大な熱量によって大太刀使いは一瞬にして炭化し、体のほとんどが消し飛んだようだ。

「ぐザび……くザ……」

「まだ意識があるのかよ……凄まじい精神力だな」

全身が炭化し、頭と胴体と右腕だけがかろうじて残っているような状態だが、まだ僅かに意識があるようだ。

大儺とかいう鬼による強化も恐ろしいが、こんな状態でも意識を保っている大太刀使いも相当な妖なのだと改めて感じる。

「それほどの強さと執念を持っていて、お前達は一体何をしようとしているんだ……？」

「……ごの、ゼがイニ……敵ナど、いなイと……証めイ、ズる……」

大太刀使いは俺の問いかけに答えるようにそう呟き、消えていった。

さすがに肉体は限界を迎えていたようだ。

「『この世界に、敵などいないと証明する』……か」

何故そんな目的を持っているかは分からないが、今の大太刀使いの言葉からは大きな憎しみを感じた。

それこそ、本気でこの世界を滅ぼすつもりだと確信できるほどの憎しみが籠もっていた。

「千年将棋に、一体何があったんだ……？」

何か釈然としない気持ちを抱きながら、千年将棋の駒との戦いは幕を閉じたのだった。

✦ ✦ ✦

兵庫県神戸市のとある山中には、消えつつある千年将棋の『飛車』の駒と、それを見つめる1人の青年がいた。

「まさか、これほどの術師が存在していたとはな……」

「それはこちらのセリフですよ。これほどの妖がいるとは思いませんでした」

まるで局所的な災害が起こったかのような戦闘の跡を見ながら、その青年、トウリはそう答えた。

「我々の復活は近い……その時こそは、貴様の本気を見せてもらうとしよう」

最後に飛車の駒はそう呟きながら、霧散して消えていった。

トウリはそれを見届けると同時に、苦い表情を浮かべながら倒れている木に腰掛ける。

（本当にとんでもない妖だった……能力を含めれば、戦闘力はランクA異能者にも匹敵するレベルだ。こんなのが他に19体もいるとはな……）

トウリはそう考えながら、静かに拳を握りしめる。

異能組織ディヴァインの壊滅。

その目的達成のために、新たな力を求めて術師の世界へと踏み込んだ自身の考えの甘さを思い知ったためだ。

（術師の世界を甘く見ていたのは反省だな……だが、確実に力はついている。俺の『模倣』の異能だからこそできる術と異能を掛け合わせた戦術。これを極めれば、ディヴァインの最高戦力である2人の異能者にも届くはずだ）

異能組織ディヴァインに存在していた10人のランクA異能者。その中でも、『模倣』の異能を持つトウリの戦闘力は群を抜いていた。

しかし、そんなトウリでも敵わないほどの戦闘力を持つ異能者が、組織に2人だけ存在していたのである。

トウリはその2人こそが、ディヴァイン打倒の大きな障害になると考えていた。

（あの2人に匹敵する戦闘力。それさえ手に入れれば、組織を壊滅させられれば、もう隠れて生きていく必要はない。本当の自由が手に入る。ユイと平穏な生活が送れる）

トウリはそんな強い思いを抱きながら立ち上がり、その場を後にした。

ユイとの自由で平穏な日常。それを実現するほどの力を得るため、金森家の拠点へと戻ったのである。

「にゃ〜……」

そうして覚悟を決めていたトウリの様子を、招き猫の形をした式神が木陰から静かに見守っていたのであった。

✦ ✦ ✦

「はぁ、大変な1日だった……」

大太刀使いを倒したあと、北電公園に残っていた妖はクロ達が殲滅し、俺はいつの間にか切れていた『笑い地蔵』の認識阻害の結界を張り直したりした。

さらに、クロが戦闘中に『猪笹王』を捕獲していたらしく、封印している槍使いと共にその身柄を引き渡したり、調査に来た術師の方々に戦闘跡を見せながら事情を説明したりと、もうとにかく大変だった。

さらにさらに、実家に荷物を取りに帰ると好奇心が大爆発した両親からの怒濤の質問攻めに遭い、結局解放されたのは夕方になってからだったのだ。

「明日は学校なのに、全然平穏な生活が送れない……」

そんな不満を漏らしつつ、札幌の家へと帰る支度をする。

ちなみに、百年記念塔ロボは戦闘終了後にミリ単位のズレもなくしっかりと元の位置に戻した。

散らかした内装や土台との接合は現場に残っている術師の方々がなんとかしてくれるとのことなので、細かな後処理共々、残りは全てお任せした。ありがたやありがたや。

「幸助くん、支度は終わった？」

そんなことを考えていると、同じく帰り支度をしていた潤叶さんに話しかけられた。

「あ、大丈夫。今終わったよ」

ちなみに、芽依さんはすでに支度を終えて車で待っている。クロ達も先に車に乗っているらしい。

「そういえば、『身代わり札』ぼろぼろにしちゃって本当にごめんね」

「いいよいいよ、その件は本当にいいから。そんなことよりも、潤叶さんが無事で本当によかったよ」

「ありがとう。あの身代わり札がなかったら、千年将棋の駒を倒すことはできなかったと思う。だから、この恩も絶対忘れないから」

潤叶さんに真剣な表情でそう言われた。

今回の戦いでは、潤叶さんに渡した身代わり札のうちの1枚だけがズタボロになっていたのだ。どうやら、術で肉体を酷使しすぎたことで相当なダメージを負ったらしい。

流石に昨日使っていた禁術ほど危険ではないようだが、肉体に負担のかかる動きを連発したのだろう。

もっと自分の身を大切にしてほしいが、命を懸けなくなったぶん改善傾向ではあるのかもしれない。

というか、身代わり札頼りで何度か命懸けの戦いをしてきた俺が言えた義理ではないな。

「潤叶さん達が槍使いを倒してくれなかったら、シロ達も無事じゃなかったかもしれないから、お互い様ってことで恩は感じなくてもいいよ」

「だとしても、困ったことがあったらいつでも言ってね。私にできることなら何でも力になるから！」

「えっと、わかった。ありがとう」

結局、潤叶さんへの貸しを清算するつもりで同行した仕事だったが、また貸しを作る形となってしまった。

そう考えながら支度を終えて立ち上がると、実家に帰ってきたらしておくつもりだった用事を思い出した。

「忘れてた……先に車乗ってて、ちょっと用事済ませてくるから」

「うん、わかった。それじゃあ車で待ってるね」

車に先に乗る潤叶さんを見届けながら、家の車庫へと向かった。

そこには車や農作業で使うトラクターや除雪機などが停められており、たくさんの農器具もしまわれている。

「『玩具』、『玩具』、『玩具』……」

それらの機械や道具に手を触れ、次々と玩具を発動していく。

同時に、父さんと母さんを守るよう命令もしておいた。これで家のセキュリティは少しはマシになったはずだ。

「おお！　幸助、こんなところにいたのか」

「もうみんな車に乗っているわよ」

「父さん、母さん」

実家のセキュリティ強化を終えると、父さんと母さんがたくさんの野菜やお菓子を持って見送りに来てくれた。

本当にたくさんある。パンパンの手提げ袋を何個も持っている。

「これ、潤叶ちゃんや芽依ちゃんにも渡してあげてね」

「リン達は結構食べるからなぁ、もっとたくさん持ってくか？」

「いいよいいよ！　これだけあれば充分だからっ」

文字通り両手に抱えきれないほどの量だ。しばらくは野菜とお菓子には困らなそうだな。

「ところで幸助」

「なに？」

「学校は……楽しいか？」

父さんが少しだけ真面目な表情でそう聞いてきた。

おそらく、この質問はただ楽しいかを聞きたいわけではない。

きっと、中学時代の澄人の一件を思い出しながら、父さんは色々な思いを込めてこの質問をしたのだろう。

「……うん、楽しいよ。とっても楽しい」

だからこそ、俺は堂々とした表情でそう答えた。

気の合う友達だけでなく、仲のいい後輩や先輩もできた。

普通の人が味わえないような経験もたくさんしたし、新しい家族もたくさんできた。

求めている平穏は全然手に入らないけど、不思議な力はどんどん手に入る。

そんな色々な思いを、俺はその言葉に込めた。

「そうか。体に気をつけてな」

父さんは安心した表情でそう言った。

横にいる母さんも同じ表情をしている。

「こうちゃん。またいつでも帰ってきてね」

「いつでも待ってるからな」

「うん。母さん父さん、いってきます」

「「いってらっしゃい」」

両親に手を振りながら車に乗り込み、札幌への帰路につく。

帰りは芽依さんの運転による車での移動なので、車内でお菓子を堪能したり途中でパーキングエリアに寄ったりと、とても楽しい帰路だった。

しかし、この時の俺は気づいていなかった。

潤叶さんの手を借りるほどの新たな危機が、目前まで迫っていることを……。

✦ ✦ ✦

水上家の本家地下に存在する『封印の間』。

そこでは、複数の結界術で拘束された猪笹王が龍海の質問に答えている。

「貫通系の能力を持つ妖や棒のような形状の妖を莫大な霊力と特殊な術式で強化すれば、果ての二十日を破壊するに足り得る『楔』という存在になるということかい?」

「その考え方で間違いないっす。ちなみに、並の結界や封印術なら1本で充分ですけど、果ての二十日クラスの封印術には12本は必要になるっす」

自身を拘束する結界に僅かな鬱陶しさを感じながらも、猪笹王は知っている情報を正直に話していた。

罪を犯した妖に対する法律はないため、妖の処罰は基本的に各五大陰陽一族の当主の裁量に委ねられている。

今回の場合。猪笹王は知り得ている千年将棋の情報提供と引き換えに減刑と自身の保護を要求し、龍海はこれを了承した。

そのため、現在は千年将棋からの報復防止と監視を兼ねて、この封印の間に捕らえられていたのである。

「それで、今回の楔で果ての二十日を内側から破るために必要な本数は集まる予定だったんすけど、儀式が終わる直前に中断されたので最後の1本は未完成っす」

「つまり、封印を解くにはまだ時間がかかるということかい？」

「そういうことっす。具体的にどれくらいかかるかは分からないですけど、すぐに復活することはないと思うっす」

「そうか……とりあえず今聞きたい話はここまでだ。今日の質疑はこれで終わりにしよう」

そう言いながら封印の間を後にした龍海は、千年将棋がすぐに封印を破れないという事実に心の中で安堵した。

(潤叶達に感謝しなければな)

もしも潤叶達のチームが千年将棋の駒を見つけていなければ、今頃は取り返しのつかない事態に陥っていた可能性すらある。

それこそ、封印を破った千年将棋によって国家規模の大混乱が起きていた可能性すらあるのだ。

(おそらく、結城くんの活躍も大きかったのだろう……だが、このままにしておくのは危険かもしれないな)

そう考えた龍海は、この短期間で成し遂げた結城幸助の数々の偉業を思い出し、真剣な表情で思案を続ける。

(すでに彼は世界中から狙われてもおかしくないほどの偉業を成し遂げている。邪神の心臓の功績は『先生』の力によって守られている潤叶に肩代わりさせたが……やはり、今後のことを考えれば、結城くんのことも先生にお願いしておくべきだろうな)

その結論に至った龍海は、自身の仕事部屋へ入るなり手紙を書き始めた。

彼が『先生』と呼ぶ存在へ、幸助の安全が確保されるよう依頼を行うためだ。

「龍海様。先ほど、国の調査隊から『果ての二十日』に関する報告書が届きました。入ってもよろしいでしょうか？」

「ああ、構わないよ」

「失礼します。こちらが調査結果の報告書です」

「ありがとう。仕事に戻っていいよ」

「はっ！　失礼します」

部屋を出ていく部下を見届け、龍海は早速報告書に目を通した。そして、僅かな安堵と共に龍海は覚悟を決めた表情となる。

「『果ての二十日』には亀裂等の損傷は見られないが、強度の低下が確認された。推測では保って2か月。早ければ1か月程度で封印が破られる可能性がある……か」

その報告書には、千年将棋との決戦が目前まで迫ってきている事実が記されていた。

「青森ねぶた、秋田竿燈《かんとう》、仙台七夕……来月は東北の各地で『祭り』が重なる時期だったな。時間はないが、悪くないタイミングではある」

『祭り』とは本来、神様への感謝を示す行事である。

そのため、祭りが開催される期間は神聖な霊力が高まり、術式の効力に良い影響が出やすいという効果があるのだ。

「この時期を逃す手はないな。封印が破られるのを待つのではなく、祭りの時期に合わせて封印を解くほうが勝率は高いだろう」

そう考えた龍海は、先生への手紙を書き終え、他の五大陰陽一族を説得するための資料の作成に取りかかる。

幸助のことを気にかけながらも、自身の復讐を果たすために龍海は手を休めることなく仕事を続けるのであった。

✦ ✦ ✦

「おはよう結城」

「石田、滝川、おはよう」

「ん？　おお、幸助、おはよう」

朝学校へ行くと、滝川が真剣な表情でスマホの画面を見続けていた。

そのせいで俺が教室に入ってきたことにも気づかなかったようだ。

「何見てるんだ？」

「これか？　なんか三連休の間に道内でオカルト事件があったらしくてな。ちょっと調べてたんだ」

滝川が見せてくれた画面を見ると、そこには北海道のとある市の山中に山菜を採りにいった女性の話が書かれていた。

山奥で山菜を探していると人影が見えたため、気になってそこへ向かうと、人と同じ大きさのたくさんの土人形が土木作業をしていたらしい。

あまりの出来事に気絶した女性が目を覚ますと、そこは森の入り口だったそうだ。

「夢かと思ったけど、採った山菜はしっかりと持っていたんだってさ」

「へ、へぇ～……」

「面白い話ではあるけど、ちょっとできすぎてるよな」

「そ、そうだね……」

土木作業をしているたくさんの土人形……そんな状況に見覚えある気はするが、きっと気のせいだろう。

「あと、巨大ロボットが現れたって記事もあったな」

「きょ、巨大ロボット……!?」

「ほら、この記事」

その記事には早朝に地震のような揺れで目を覚まし、気になって外に出てみると、近くの公園に建っている塔が巨大なロボットに変形していたと書かれていた。

だが、投稿者が目を離した隙に巨大ロボットは元の塔の形に戻っていたらしい。

「早朝だったから他に目撃者もいなくて、咄嗟だったから映像も写真もないんだってさ。突拍子もなさすぎて逆に面白いけど、さすがにって感じの話だよなぁ」

「そ、そうだな……」

そういえば、『笑い地蔵』の結界が切れていたことにしばらく気づかなかった。まさか、その間に見られていたのか……!?

だが……記事には百年記念塔と言及されてはいなかった。うん、きっと気のせいだ。偶然、投稿者の人がそんな夢を見ただけだろう。

「俺のオカルトセンサーには何も反応がなかったからな、とんだガセ情報だったぜ」

「そうだな。滝川の優秀なオカルトセンサーに反応がないのなら、きっとガセ情報だろう」

滝川のオカルトセンサーが優秀で本当によかった。

「ってか、成行は朝から勉強かよ。真面目だなぁ～」

「当たり前だろう。来週は期末テストなんだぞ？」

「「えっ……!?」」

石田の言葉で気がついた。そういえば、もう7月！　期末テストの時期だ！

「色々ありすぎてすっかり忘れてた……」

滝川も忘れていたらしく、これでもかというほどあたふたしている。

「い、石田さん！　勉強教えてください！」

「成行さん！　お願いします！」

「今回の試験範囲は苦手な部分が多くてな……申し訳ないが、余裕がない」

「そ、そんなっ、成行様！　そこをどうにかっ！」

「石田先生、学年1位のそのお知恵をお貸しください！」

「俺は夢のために、成績を落とすわけにはいかないんだ！」

俺達の強い願いは、石田の夢の前に儚く散った。

というか、石田の夢って何だろう？　この時期から明確な夢を持ってるって凄いな。

「ぐぬぬ、成行がダメなら一体どうすれば……」

滝川が必死に戦略を立てている。

にしても、まさかこんな危機が迫っていたとは思わなかった。というか気づかなかった……。

バイトに明け暮れていたせいで、今回のテスト範囲は本当に自信がない。

そして習得能力は興味がある分野でしか発揮されないため、勉強に関してはあまり効果がない。

さらに、学年1位の石田が苦手とするほどの範囲。この時期から1人で闇雲に頑張っても、結果は見えているだろう……。

「そうだ！」

不動の学年1位は石田だが、我がクラスには学年2位もいる。

そう、潤叶さんだ！

「でも勉強の邪魔はできないから、余裕があったら教えてもらうことにしよう……」

潤叶さんは委員長の業務や術師の仕事もある中で勉強しているのだ。そんな人の足は絶対に引っ張れない。

「というか、そう考えると俺って惨めだな。もっとちゃんと勉強しておけばよかった……」

そんな後悔を抱きながら、鞄から教科書とノートを取り出す。

捕らえた猪笹王と槍使いのその後や千年将棋の件などなど、気になることはたくさんあるが、今は期末試験が最優先だ。

そう考えながら、朝のホームルームが始まるまで自習に励むのだった。

番外編 ✦✦✦✦✦✦ 「洗脳の異能者『クェイト』」 ✦✦✦✦✦✦

異能組織『ディヴァイン』。その本拠地にある研究施設では様々な分野の研究者が集まり、ある異能者の研究と訓練が進められていた。

「素晴らしい！　これが『洗脳』の異能か」

「対象を完全に操るだけでなく、操られていることを自覚させないよう無意識下の思考誘導もできるとは、想像以上に応用性が高い異能だな」

「少ない対象に絞れば持続時間も長い。ランクがさらに上がれば、対象を年単位で操作することもできるはずだ」

命令を下すことで対象者を意のままに操る『洗脳』の異能。

その異能者の少年が出した数々の実験結果に、研究者達は興奮を隠しきれずにいた。

人の意思を歪める恐ろしい異能ではあるが、制御できればこれ以上ないほどの利益をもたらす存在となる。

そのため、組織では『洗脳』の異能の研究と、ランクを上げるための訓練が他の異能よりも優先的に行われていたのである。

「今日はここまでにしておこう。『洗脳』、自室に戻りなさい」

「はい……あ、あの……部屋に戻る前に、プレイルームに遊びにいってもいいでしょうか？」

「……まぁ、いいだろう。その後は自室にちゃんと戻りなさい」

「は、はい！」

異能の成長と制御には精神的な影響が大きく関わってくる。

そのため、彼は『洗脳』という危険な異能を持ちながらも、精神衛生を保つためにある程度の自由行動が許容されていた。

「きょ、今日はいるかなぁ……」

『洗脳』の異能を持つ少年はそう呟きながら、施設内で暮らしている子供達が遊びに訪れる『プレイルーム』と呼ばれる区画へと足を踏み入れた。

「いない……」

大型のドームほどもある空間には様々な遊具が備え付けられており、たくさんの子供達が遊んでいる。

だが、どれだけ見渡しても少年の会いたい存在はいなかった。

「帰ろう……」

「やっほー少年！　奇遇だね」

諦めて帰ろうとした少年に、背後から元気よく声を掛ける存在がいた。

少年が驚きながら振り向くと、そこには赤い髪色で少しだけ年上の少女が立っている。

「き、きぐうです……」

「あははっ、奇遇奇遇！」

少し言葉を詰まらせながらも、少年は嬉しそうな表情でその少女と話す。

なぜなら、目の前に立つ赤髪の少女こそが、少年が会いたかった存在だったのである。

「今日も異能の訓練があったの？」

「うん……また、知らない人達に、たくさん異能を使った……」

自身が持つ『洗脳』の異能を嫌う少年は、俯きながらそう答えた。

「やっぱり、自分の異能が嫌いなの？」

「うん。こんな怖い異能なんて、欲しくなかった……」

人の意思を簡単にねじ曲げる強力な異能。それ故に、組織は数多《あまた》ある異能の中でも『洗脳』を最も恐ろしい異能の一つとして警戒していた。

だが、その異能を所有している少年こそが、誰よりもその恐ろしさを理解していたのである。

「誰かを無理やり従わせるなんて……絶対に間違ってる。だから……こんな怖い異能、欲しくなかったよ……」

「……そっか。だから、訓練の後はいっつも辛そうな顔してたんだね」

自身が嫌いな異能を使わされ続けるストレス。それは、まだ年端もいかない少年の身体には耐え難いほど大きな負荷であった。

「でも、そうやって考えられる君だからこそ、『洗脳』っていう凄い異能が使えるようになったんだと思うよ？　だって、危ない考えの人達が使ったら大変なことになる異能だもん」

「そ、そうかもしれないけど……でも、今のままじゃ組織の偉い人達の言いなりだし……」

「うまく異能を使えるようになってランクAの異能者になれれば、偉い人達の言うことも無理に聞かなくていいみたいだよ？」

「ら、ランクAなんてっ、僕には無理だよぉ……明日の訓練だって、もう行きたくないのに……」

「そっか……」

　少年は目の前の少女に悩みを聞いてもらうことでなんとか心の平穏を保っていたが、それも限界が近かった。

　そして、定期的に少年の悩みを聞いていた少女も、そのことを感じ取っていた。

「例えばだけど、自分に洗脳の異能を使うことってできないの？　『弱気になるな！』とか」

「鏡の前で何度も試したけど……ダメだった……」

「あ、もう試してたんだね」

『洗脳』による命令は、所有者自身に使用することはできない。それは組織の実験でも判明している事実であった。

「……もしも、自分に洗脳の異能を使えるとしたら、どうする？」

「えっ……でも、『洗脳』は僕以外にまだ見つかってないし……」

「もしも！　もしもの話だよ」

　冗談交じりにそう話す少女の言葉を聞きながら、少年は真剣に考えた。

　もしも自分に洗脳を掛けることができたら、どんな命令を下すのかと……。

「……もしも、自分に洗脳を使えるとしたら……その、『ランクA異能者になれるように頑張れ！』って、言いたい、かも」

「あれ？　さっきは無理って言ってなかったっけ？」

「う、うん……でも、さっき言ってくれたように、ランクAになれれば聞きたくない命令を聞かなくてもよくなるから……なれるならなりたい。そして、この異能を正しく使いたい」

「……なるほどね。よし！　それじゃあその願いを叶えてあげよう！」

少女はそう話しながら、少年の胸に手を添えた。

「今からすることは、私の妹も組織の研究者も誰も知らない秘密だから。絶対に言っちゃダメだよ？」

「う、うん。わかった」

組織の目的を達成するために不可欠な異能を持っていたその少女は、自身の異能が特別視されているという似た生い立ちと悩みを抱える少年を放っておくことはできなかった。

そのため、自分しか知らない重大な秘密を打ち明けることに決めたのである。

「私の『付与』っていう異能はね、異能自体を付与することもできるの」

「異能自体を、付与……？」

「こういうことだよ。『付与』」

少女がそう呟きながら異能を発動すると、少年は自身の身体に違和感を覚えた。

『洗脳』と同じくらい大きな力が、自身の中に宿るような奇妙な感覚に襲われたのである。

「えっ、これって……」

「初めて使ったけど成功したみたいだね。これで君は、今日から『付与』の異能者だよ」

『付与』の異能が持つ隠された力。

その少女は自らの異能を自覚した時から、本能的にこの使い方を理解していたのである。

そして、この力がどれほど危険であるかということも、彼女は幼い頃から理解していた。

「まだ終わりじゃないよ。今渡した『付与』を使って、『洗脳』を私に付与してみて。たぶん、本能的に使い方は分かると思うから」

「わ、わかった……『付与』」

「おお! 成功だね! これで私が『洗脳』の異能者だ」

自身の持つ異能を与える『付与』の力。

これを使えば異能を交換するだけでなく、複数の異能を持つ『多重異能者』を簡単に作り出すこともできる。

それがどれほど危険なことであるかを知った少年は、目を見開きながら驚愕を示した。

「君も、この異能がどれほど危険なのか分かってくれたみたいだね。このことは絶対に秘密だよ?」

「絶対に誰にも言わない。絶対に!」

この事実が組織に知られれば、恩人である目の前の少女に危険が迫る。そう確信した少年は、この秘密を死んでも誰にも言わないと心の中で誓った。

「なんとなく『洗脳』も使える感じがするから、パパッと済ませちゃおうか。それじゃあいくよ?」

「う、うん!」

「『ランクA異能者になれるよう頑張って!』」

少女の命令を聞き、少年は心の中に気力が漲《みなぎ》るのを感じた。

『洗脳』の異能はまだランクが低いが、気分を変えるには充分な効力があり、暗示程度の強制力の低い命令であれば持続時間も長いのである。

「それじゃあ『付与』返して、私も『洗脳』返すから」

「う、うん。わかった」

最後に、2人は先ほどと同じ手順を踏み、互いの異能を交換した。

「あ、もう帰る時間だ。それじゃあまたね！」

「う、うん……またね！」

この出来事をきっかけに、少年は『洗脳』を掛けられる側の感覚を知り、異能の理解度と共にその影響力も飛躍的に上昇した。

そして数年後。少年はランクA異能者として組織内での権力を高め、その少女は組織を脱出したのだった。

✦ ✦ ✦

「こ、このデータは……！」

異能組織『ディヴァイン』の本部に存在する情報管理施設。

そこで情報処理を行っていた低ランクの『電脳』を持つ女性職員が、3年前に起きたランクAの『模倣』と『電脳』の異能者の死。そして、『結合』『付与』『寒熱』の異能者が逃走した事件に関する情報の綻《ほころ》びを発見した。

「これってもしかして……改竄の痕跡？」

「どうかしたのかい？」

た。

その職員の様子がおかしいことに気がつき、情報処理施設の施設長を務める男性が声をかけた。

「あの、ちょっとこのデータを見ていただけますか？」

声をかけられた女性が発見したデータを見せると、施設長は何食わぬ表情でそれを確認した。

「このことは誰かに話したかい？」

「いえ、まだ施設長以外の誰にも話していません」

「そうか、それじゃあちょっとついてきてもらえるかな？　大事な話があるんだ」

「は、はい。わかりました」

施設長の行動を少し怪しく思いながらも、その職員は後をついていった。

「あの、ここって……」

「ここは組織の上層部の人間が住む居住区画だ。大丈夫、許可は取っている」

「は、はい……」

施設長とその職員が足を踏み入れたのは、組織でもトップクラスの権力と影響力を持つ者達だけが使える区画であった。

連れてこられた職員は不安を覚えるが、この区画に踏み入った時点で一人で引き返すという選択肢はないため、施設長の後についていくことにした。

「この部屋に、君に会わせたい方がいらっしゃる。決して無礼のないようにね」

「は、はい。わかりました」

「施設長！」

「申し訳ございません。今よろしいでしょうか？」

「……ん？　開いてるから入っていいよー」

「失礼致します」

「し、失礼致します……」

施設長に続き、その職員も部屋に入ると、その場にいた人物を目にして驚愕の表情を浮かべた。

そこにいたのは、数少ないランクA異能者の1人である『クエイト』だったのである。

「急にどうしたの？」

「実は、この者が3年前の事件に関する情報の綻びを見つけたため、連れて参りました」

「へぇ～、今更になって見つけるなんて凄いね。完璧に改竄できたと思ってたのに」

「えっ……改竄？」

クエイトの言葉に驚いた職員はそう呟くが、2人は気にせず会話を続けた。

「彼女は優秀ですので、当時誰かが手を抜いた箇所の違和感に気がつけたのでしょう」

「なるほどねぇ。それじゃあ、その優秀な職員さんにお願いしちゃおうかな」

「えっ、い、一体何を……」

その職員は僅かに後ずさるが、彼の言葉から逃れることはできない。

『見つけた情報の綻びを違和感のないように改竄した後、それに関する記憶は全て忘れるんだ』

「……はい、わかりました」

その職員は意思のない返事を残し、命令を実行するためにその場を後にした。

「あ、そういえば、彼女が綻びを見つけたのはいつだい？」

「つい先ほどでございます。10分ほど前かと」

「それならよかった。1日分くらいの記憶までなら『洗脳』で消せるから、これで大丈夫だ。あ、君も仕事に戻っていいよ。あと、さっきの職員さんには適当な理由つけてボーナスでも渡しといて」

「かしこまりました。失礼致します」

そう言い残し、施設長もその部屋を後にした。

「捜査攪乱のためにでっち上げた情報にまだ綻びがあったとは、危なかったぁ～……でも、さすがにこれで内部に裏切り者がいる証拠はなくなったかな」

クエイトは安堵の表情でそう呟いた。

逃亡した『結合』『付与』『寒熱』の捜索に3年もかかった最も大きな理由。それは、ランクAの『洗脳』の異能を持つ彼が、組織内の情報を改竄したためだったのである。

「でも、もう彼女の居場所は特定されちゃったからなぁ……次はどうやって時間を稼ごう？」

クエイトはそう呟きながら、恩人である『付与』の異能者、『月野アカリ』の日常を守るため、策を練るのだった。

恩人である彼女のために異能を使うことこそが、彼の考える『正しく異能を使う』ことだったのである。

あとがき

皆様、お久しぶりでございます。作者のタンサンです。


この度、なんと約4年ぶりの書籍発売となりました！

「えっ、この作品ってまだ続いてたの？」と驚かれた方もいらっしゃるかも知れませんが、この作品はまだ続いております。まだまだ続く予定でございます。


それでは恒例（？）の作者小話を1つ。

お題はVチューバーについてです。

始まりは書籍2巻の番外編1にて、ウルがVチューバーの世界に足を踏み入れた時まで遡ります。

実はそのお話を書いた当時、作者はVチューバーについてあまり知りませんでした。

もちろん、有名な方々の名前は存じ上げてましたし、お話を書くために色々と調べていたため、知識としては知っていました。しかし、それだけでした。

あれから約4年。今では推しのグッズを買い漁り、ライブにも行く立派なVチューバーオタクと化しております。

奇しくも、ウルがVチューバーの世界に足を踏み入れたことがきっかけで、作者もその沼にハマってしまった形ですね。
最近ではVチューバーを題材とした作品も増え、日々を楽しく過ごしております。
も、もちろん、執筆もがんばります。

最後に、この書籍の出版に携わってくださった方々へ深い感謝を！
そして、この作品を読んでくださった読者の皆様へ最大の感謝を！
3巻が出版できたのは皆様のおかげです。本当にありがとうございました。
それでは、またどこかで！

二〇二三年六月吉日　タンサン

この本を読んでのご意見・ご感想・ファンレターをお待ちしております。
〈宛先〉　〒104-8357　東京都中央区京橋 3-5-7
（株）主婦と生活社　PASH!ブックス編集部
「タンサン先生」係
※本書は「小説家になろう」（https://syosetu.com）に掲載されていたものを、改稿のうえ書籍化したものです。
※この作品はフィクションであり、実在の人物・団体・法律・事件などとは一切関係ありません。

PASH!ブックス

異世界転生…されてねぇ！3

2023年6月12日　1刷発行

著　者	タンサン
イラスト	夕薙
編集人	山口純平
発行人	倉次辰男
発行所	株式会社主婦と生活社 〒104-8357　東京都中央区京橋 3-5-7 03-3563-5315（編集） 03-3563-5121（販売） 03-3563-5125（生産） ホームページ　https://www.shufu.co.jp
製版所	株式会社二葉企画
印刷所	大日本印刷株式会社
製本所	下津製本株式会社
デザイン	ナルティス（稲見 麗）
編集	山口純平、染谷響介

©Tansan　Printed in JAPAN　ISBN978-4-391-15980-6